U0501069

中国作协创研部　选编

2023年中国
诗歌
精选

长江出版传媒 | 长江文艺出版社

图书在版编目（CIP）数据

2023年中国诗歌精选 / 中国作协创研部选编. -- 武汉 : 长江文艺出版社, 2024. 1
（2023中国年选系列）
ISBN 978-7-5702-3377-9

Ⅰ. ①2… Ⅱ. ①中… Ⅲ. ①诗集—中国—当代 Ⅳ. ①I227

中国国家版本馆CIP数据核字(2023)第218580号

2023年中国诗歌精选
2023 NIAN ZHONGGUO SHIGE JINGXUAN

责任编辑：王成晨　姜　晶　　　　责任校对：毛季慧
封面设计：胡冰倩　　　　　　　　责任印制：邱　莉　王光兴

出版：长江出版传媒 | 长江文艺出版社
地址：武汉市雄楚大街268号　　　邮编：430070
发行：长江文艺出版社
http://www.cjlap.com
印刷：武汉新鸿业印务有限公司

开本：680毫米×980毫米　1/16　　印张：17.25
版次：2024年1月第1版　　　　　　2024年1月第1次印刷
行数：7371行

定价：35.00元

编选说明

每个年度，文坛上都有数以千万计的各类体裁的新作涌现，云蒸霞蔚，气象万千。它们之中不乏熠熠生辉的精品，然而，时间的波涛不息，倘若不能及时筛选，并通过书籍的形式将其固定下来，这些作品是很容易被新的创作所覆盖和湮没的。观诸现今的出版界，除了长篇小说热之外，专题性的、流派性的选本倒也不少，但这种年度性的关于某一文体的庄重的选本，则甚为罕见。也许这与它的市场效益不太丰厚有关。长江文艺出版社出于繁荣和发展文学事业的目的，不计经济上一时之得失，与我部合作，由我部负责编选，由他们负责出版，向社会、向广大读者隆重推出这一套选本，此举实属难能可贵。

这套丛书的选本包括：中篇小说选、短篇小说选、报告文学选、散文选、诗歌选和随笔选六种。每年一套，准备长期坚持下去。

我们的编辑方针是，力求选出该年度最有代表性的作品，力求选出精品和力作，力求能够反映该年度某个文体领域最主要的创作流派、题材热点、艺术形式上的微妙变化。同时，我们坚持风格、手法、形式、语言的充分多样化，注重作品的创新价值，注重满足广大读者的阅读期待，多选雅俗共赏的佳作。

我们认为，优良的文学选本对创作的示范、引导、推动作用是非常重要的，对读者的潜移默化作用也是十分突出的。除了示范、引导价值，它还具有文学史价值、资料文献价值、培育新人的价值，等等。我们不会忘记许多著名选本对文学发展所起到的巨大作用，我们也希望这套选本能够发挥它应有的作用。

这套书由中国作家协会创作研究部编选，具体的分工是：

中篇小说卷由何向阳、聂梦同志负责；

短篇小说卷由贺嘉钰、贾寒冰同志负责；

报告文学卷由李朝全同志负责；

散文卷由王清辉同志负责；

诗歌卷由李壮同志负责；

随笔卷由纳杨、刘诗宇同志负责。

中国作协创研部

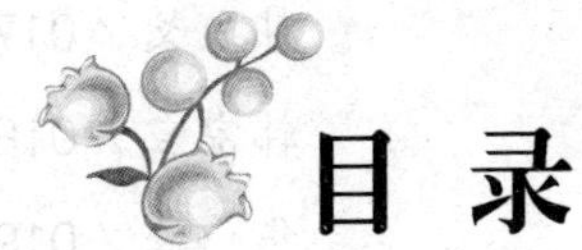

目 录

第一辑

第二辑

第三辑

第四辑

第一辑

诗人之责

吉狄马加

他们说诗人应该做些什么
像一个网络或电视上的红人
比娱乐明星更惹人关注
抑或将他人的声音
变成自己的声音
成为传声筒。
他们说今天已经读不懂
诗人的诗
(据说李商隐曾有过
这样的遭遇
此种争论还喋喋不休)
他们说
读诗的人已经很少
过去读诗的人真的很多吗?
是极少数里的
大多数
还是极多数剩余
的那部分
事实上诗一直在寻找
不多的
志同道合者
从屈原到莎士比亚
从里尔克
到卡瓦菲斯
这些文字的结晶铸造了
属于他们的夜空
那些孤独的星星
照亮了我们。
诗歌是灵魂的低吟

但也必须承担
维护正义的风险
如果诗人的责任
遗忘了创造语言新的可能
忘记了生命
和悲伤
失去了自我
如果这一切都成立
无疑就宣布了
诗歌的死亡。

《十月》2023 年第 4 期

遗　产

秦立彦

我们的祖先都死了。
他们留给我们一块玉，
现在它在博物馆里，
发着温润的光。
我们隔着玻璃，用目光触摸它，
然而无法佩戴它。
他们留给我们一把剑，
它在另一片玻璃后面，
依然锋利。
然而我们忘记了怎样使用它，
它不会再尝到鲜血的咸味。

他们留给我们一些方块字、一些诗。
这些一直活着，
没有像古树一样生出皱纹，
而像河流一样活着。
它们是我们每日的食粮，

从我们的口中说出，
像风，落在我们耳中。
我们沉默的时候，
它们睡在我们身体里。
我们做梦的时候，
它们像一群鸟，飞向四面八方。

《扬子江诗刊》2023 年第 3 期

村 小

张二棍

1

我来迟了，满怀愧疚坐下来
——尘埃四起的教室，摇摇欲坠的课桌
我是这无垠时空中，懵懂的小学生
听腊月西风，这位无色无相的
大先生，携带着宇宙深处的教诲
从无垠中赶来，为我传授
一堂，凛冽的自然课

2

我捡起，遗落墙角的一粒
粉笔，在斑驳的黑板上
写着，画着。于这刺骨的
寒风中，画出怒放于另一座
大陆的奇花。于这无人的僻壤上
写下，一枚枚震古烁今的名字
——我要独自赓续，那业已中断的教育
我要躬身肃立，教化那个冥顽的自己

3

一面墙，和半个屋顶
都塌了。麻雀们无忧穿行、自在嬉闹
偶尔，在梁柱间小憩，滴溜溜
转动着小脑袋，仿佛一群
三心二意的旁听生，被留在这里
自习。它们叽叽喳喳，翻来覆去
仿佛争辩着，一个永远
回答不上来的问题

4

窗外枝丫上，挂着一截
空荡荡的绳子。我猜测，那是
上课铃声响起的地方
若他日再来，我要为它系上
一个永不生锈的铃铛
若是我再摇一摇，会不会
有一个羞赧的顽童
从千山万水之外，匆匆赶来
若是他已满头大汗，我会俯身
用衣袖擦去，如当年
那个衣衫泛白的山村老师，一样

《诗刊》2023 年第 11 期

像古人在酒后醒来

霍俊明

响水桥上的雪越来越厚
这么冷彻的路面不同的人踩在上面

一棵棵雪树，成片的白屋顶
园中蔬菜已经收割
根须留下的一个个坑不深不浅

像古时的人在酒后醒来
毛皮席子越来越油腻
屋内的炉火越来越通红
沸腾之水是人世的一张侧脸
不知名的走兽在桥头闪现

一切还没有被辜负
赶来的人头上顶着雪
可以没琴可抚
可以在大雪的日子
在酒后像一个古人刚刚醒来

《草原》2023 年第 2 期

明月的下落

雷平阳

在蒙化府，我被两个人迷住
一个是遁迹于庙墟的晚明皇帝
另一个是云游乱世间的和尚
有可能从属于同一躯壳的
这两个人，互为傀儡和假象
在别人的幻觉中找到了真实的道场
或鸽子笼。除了他们
我还对第三个人倍感兴趣
他是一个诗人，名叫陈冀叔
身患洁癖和自闭症，一生骑在驴背上
头戴斗笠，只饮用雨水，自绝于土地和天空
死神降临前，他在怒江边的石壁上

凿了个大窟窿，把自己封存在里面
之前，他一直打听明月的下落
后来，明月照着蒙化府
每天都在寻找他的下落

《大家》2023 年第 1 期

监控幸福

张执浩

凌晨三点半
老丈人来电话说
早饭他已经做好了
劝了半天他才回到床上
重新躺下
早上七点丈母娘起床
摸进厨房喝了一碗粥
又去睡觉
十点钟，两个人
坐在客厅沙发上
面面相觑：
“你吃饭了吧？”
“我吃了。你吃了吧？”
“我不知道。你吃了什么？”
“我不知道我吃了什么。”
阳光照看着他们佝偻的身影
昨天护工请了假
今天又是漫长的一天
两位老人各自牵着一角报纸
头挨头出现在我们的
监控镜头中
像人世尽头的一幕

《北京文学》（精彩阅读）2022 年第 11 期

火车就要进站

荣　荣

站台上两头张望的不只有她，
与她一样的，他们也不辨东西。

四十摄氏度高温里，她还是感到了时间的拖延，
有人同时在抱怨被克扣的雨水和凉爽。

究竟从何方来？精准到秒的高铁
很快就会出现，从时间的左边或右边。

这是即将兑现的等候。为何突然怅惘？
什么时候她曾期待过什么，终究没有到来：

没有张望的站台，没有非左即右。
没有她的谁，在爱与喜欢里快乐地摇摆。

《收获》2022 年第 6 期

我很抱歉

商　略

三个小孩江边玩耍
对着铁路桥喊
“火车——火车——”
我也做过这样的事
但不惭愧
没有火车的铁路桥
依然是县城最好的铁路桥
也是我最喜欢的

它的迷人来自寂寞
看着它，直到天黑下来
看不清了
它曾经带我去远方
现在不能了
因为它老了
我很抱歉。我不能
开一列火车过来
让你不寂寞

《扬子江诗刊》2023 年第 1 期

义无反顾

刘立云

我们与宇宙之间构成的关系
可以简单地归纳为：我们生活在一个星球上
用另外一个星球
取暖；但我们用来取暖的那颗星球
距离我们，何止十万八千里

我们生活的这颗星球，在一刻不停地
旋转，并没有人感到头晕
没有人想到我们生活在这颗巨大
而旋转的星球上，当它旋转到悬空那一面
我们生活的城市、乡村，我们居住的房屋
耕作的土地，与我们共存的
山脉、河流、海洋
荒漠、田野和庄稼，还有我们这些
卑微得如同蚂蚁般
奔忙的人，会稀里哗啦地往下掉

没有人想到我们用来取暖的那颗星球

其实是一个巨大的熊熊燃烧的火球
温度高达6000℃
一块钢扔进去瞬间化为云烟
我们用这颗星球取暖，世界上有生命的万事万物
也用这颗星球取暖
我们与世界上有生命的万事万物
惺惺相惜，拥有相同的情怀
作为人类，我们其实也是一种燃烧体
我们每个人最终都将把自己
交给火
但被火燃烧是什么滋味？
没有人说得出来。因为被燃烧过的人
义无反顾，没有一个活着回来

《诗刊》2022年11月号上半月刊

马头琴上的草原

——听苏尔格演奏《游牧时光》感赋

古　马

你的草原
是在一个人的心上
是在你自己心上

假如在一个人的心上
连一株苜蓿都找不见了
最后的奶渣
被一只蝴蝶收走
你还剩一个马头抱着痛哭
你还剩两根马尾相互倾诉

万里无云
云雀喉咙里的海子都蒸发了

走散的人各奔前程各自珍重
马的骨头和马走失
走失的骨肉都会在春天变绿

生和死
都会绿在一起

《诗刊》2023 年第 1 期

读莫兰迪画作

南　音

除了几只瓶罐和奶壶
在画面的中央
抵制着时光深处的涣散
除了那种浑黄的、沉静的锈色
趋近于托斯卡纳的阳光或土地
散发出的光芒

什么也没有了
就像他清心寡欲的一生
不带多余悲喜
也没有太多的表达欲望

在狭小的地下室里
他如此专注
观察光线投射后带来的变化
像细察黎明前山谷中的每一寸奇异

真的，什么也没有了
除了那朝圣者的碗钵
和林立的墓碑

《十月》2023 年第 1 期

兰波兰波

木　叶

一名学生。一名我没有教过的学生
说着我不懂的语言，做着我憧憬的事情和梦
卖掉书，解放双手
摘取属于夜莺的星并借助星光遗弃此星

胸中充满愤慨，身边没有爱情
徒有一人静静将你从巴黎和酒精中带入及时的枪声
以后的事情要问非洲
没有回声。只见合欢树正在沙漠之外追逐着风

追逐美。美曾经在你双膝上承受欺凌
美需要你的一条腿
于是你细长的右腿从一个阴影跳进另一个阴影

摸着黑，故乡轻轻造好病床，在书中列一章将你欢迎
“诗歌，”你笑道，“她是谁？”
话音未落，你神秘的口型已改变了永恒

《青年文学》2023 年第 2 期

母亲在梦中一直爱我

臧海英

母亲在梦中一直爱我。
梦中我始终是孩子
她也永远年轻。

生活在梦中得以继续。

母亲依然劳作
我们（现实中离散的一家人）
依旧围坐在一起吃饭
在幼年时的家里。

死亡没有造访这里
时间也拿它没办法。

母亲在梦中抚摸我额头
以确定我安好。
光照在身上
温暖让我确定是真的。

《诗刊》2023 年第 3 期

我可能误解了音乐和诗

马　拉

我读过一些好诗，也许是这个星球
有史以来最好的。包括汉语诗
和翻译成汉语的世界各地各语种的诗，
它们深深打动了我。我羡慕作者，
诗歌给了他们应有的回报，
我甚至愿意成为他们中的一个；
这是一个诗人对另一个诗人最大的敬意了。
而音乐，当声音和旋律送出
感官中的每一个细胞都被精准地抚慰
语言无能为力，再好的诗也不行
诗感性又抽象，它需要读者的知识和阅历
参与其中才能得以完成，局部的独立和自由。
音乐，更像禅宗顿悟的时刻
万物暂停之时，它在肉体中找到了自己的位置
这丰盈的妙不可言的战栗，春江之水

微妙之处在于我并不羡慕音乐家，一点也不
我羡慕我接收了美妙的信号，愉悦和悲伤
独一无二，无可比拟。再伟大的音乐家
也无法理解和想象我所感受到的瑰丽。

《十月》2023 年第 2 期

文君当垆

龚学敏

地名砌成的垆旁，一站便是一万里
酒在州志中越走越老
与饮酒的我，只隔，拨一下琴
那么远

卡车是盛满四川口音的一件酒具
循古书纷至临邛，继而
散落大江南北
招摇一路，群山便醉了上下千年

垆在成语的屋檐下，不动声色
无人敢同音呀
唯饮者留名，像是朝文君解下的
佩剑

典故捏成酒曲。每一粒汉字
被发酵成君子
我一埋头造句
身边的女子，便成心中一滴好酒

《诗林》2023 年第 2 期

他在拨弄地球

敬丹樱

经纬线，南北极
七大洲四大洋
在转动中骨碌碌地发生着位移
蚂蚁大小的地名，他一个字都不认得
—— 都在上面
他的求学之路、栖身之所
他的热爱、神往、悲悯之处
他的伤心地
目前还是谜团。我喜欢这种未知
喜欢看他的手
稚嫩、懵懂
他并不拿捏力道，轻点重点
也都不能形成伤害
他太专注了
眉头拧成疙瘩。翻手为云，覆手为雨
这个四岁的孩子站在地球仪前
煞有介事地指点着江山
乾坤未定。谜团解开前
还有很长时间留给他肉乎乎的手
来拨弄地球

《十月》2023 年第 1 期

热　爱

马　累

大地上的光减少，
天上的星宿就会增多。

黄河断流的时候，
我就凝视船的痛苦。
“人生有许多事情
妨碍人之博大，又使人
对生活感恩”①。所以
我无法不忠于眼里
噙满的泪水，也无法
不忠于大地上那些
小于一的灰烬。

我热爱一条困倦的
大河和它死不瞑目的
长堤。我热爱四书五经
的广阔渊源。祖国
像菩萨的手，同时包容
一部《史记》和天上
无边的云。所以我
热爱杜工部和周树人。
即使衰老总是比
救赎来得更快，但神明
就站在你目力所及的地方。

《钟山》2023 年第 2 期

我经历的每个瞬间

韩文戈

我经历的每个瞬间，万物都在呈现各自的辉煌
清晨打开门，树下一条小狗也在看我
起早的人纷纷走向田地
一只鸡会在傍晚跟着鸭群跨进家门

---

① 引自骆一禾的诗《辽阔胸怀》。

落日有如古老与最新的知识照耀着东山顶
西侧山峦被它镀上一层金辉
冀东的河流闪烁着穿过村镇，陌生人心怀隐秘
这是多么偶然，这又是多么必然
我打开书，母亲给羊喂草
父亲躬身从河里担水浇灌菜地
就这样，世界从不停息
星罗棋布的事物相互吸引，自我即中心
然后我的父亲、母亲告别了这个世界
这是多么偶然，这是多么必然
我们不是凭空而来，哪怕来自虚无，那里恰是子宫

《当代·诗歌》（试刊号）第一期

小　暖

韩宗宝

我一个人在异乡回过头去看时
小暖已经消失在潍河滩的夜色中
她黑亮的眼睛似乎还停留在我身上
月亮升起以前　我们站在篱笆旁
默默地看着对方　不言不语
我都能听得到自己的　心跳
她的眼睛像极了一个黑色的深渊
我知道我愿意长久地陷在里面
比她的眼睛更黑的是村庄的夜色
潍河滩的春天　是一匹最动人的布
另外的一匹布当然就是潍河
它正在不远处　无声无息地流着
月光应该照耀着它　纯棉般的月光
也像一匹布　寂静的布　覆盖着万物
我想鼓起勇气说些什么但是没有
小暖　那个夜晚我羞涩而驿动的心

时至今日仍然无法彻底安静下来
你额头的光辉和眼睛里的光辉
和那些眨着眼睛的星星的光辉
是同一种光辉　它们像棉布一样温暖
我拥有那个琥珀般透明的夜晚
也拥有整整一个春天的忧伤

《诗刊》2023 年第 7 期

想摸没摸到

华　楠

黑暗中
那种真正的黑暗
什么都看不见
我觉得旁边有什么
不知道是什么
我就伸手去摸
但什么都没摸到
我觉得不是因为什么都没有
只是我什么都没摸到
那个我感觉到的东西
还是在那里

微信公众号“口红文学”2023 年 5 月 10 日

空烟盒

李　黎

两个烟盒，相距四五厘米
它们构成一个夹角，一个
正在刺向另外一个

表面的图案像绚丽的夜景
或者浓烈的日出
每个人都可以说上几句
烟盒在灯光下反光
像生活中的一句话
可以燃烧，也往往飘散消失

两个烟盒是空的
只有残存的烟丝和狭窄的空间
既然空了，那么此前
所有对它们的讲述也落空了
传记作者可以写一部壮阔的传记
但不能把一个空洞的人
或者一代空洞的人写得精彩
因为他们空了
空洞的坚固无可替代

《诗刊》2023 年第 4 期

一个农民的神圣时刻

谷　禾

我爹生活在乡下，每次来城里
喜欢去周边游荡。
他总是披星戴月出门，天黑后许久
才风尘仆仆归来，如果手持
尺规和测量仪，他更像一个地学行家。
他满意我的居住环境，
独自在家时，喜欢看电视新闻，
为艰难世事焦虑和揪心。
他反复向我求证，东风-17 发射后
多久能达大洋彼岸；浓缩铀
肯定比柴油贵太多，能否更换

太阳能或锂电作为飞越太平洋的燃料；
太空舱里的宇航员
去哪儿如厕；照亮夜空的流星
都落去了哪儿；过路的鸭子
在红灯亮起时，为什么比汽车
更自觉地停了下来……
他窝在沙发一角，不等我一一作答
喉咙里就发出了轻微的鼾声。
我妻子夸他是一个有情怀的农民
还一边夸，一边撇嘴——她没见过
耕作时的我爹，在自己的一亩
三分田地里，这头不服老的老狮子，
埋头播种、收获，偶尔直起腰身，
久久地望向星空，满脸
蛛网般的肃穆和沉痛。我知道的
那才是一个农民被情怀充盈的
最神圣的时刻。

《诗刊》2023 年第 7 期

母　亲

金石开

不需要太高的分辨率
(妈妈，不管你的眼睛有多浑浊
都能从人群中认出儿子的身影)
扫描一行字，收件人的信息
国产的芯片就够计算简单的流程
数据库里只需存上常用的汉字
识别就是比对内存里的地址信息
不需要大硬盘储存收件人的姓名
他们日夜在钢筋水泥里争吵比斗
他们投给你的都是等你转交的包裹

不会有人问你的名字
你不知疲倦地重复着机械的动作
脑门上是被汗水粘连的秀发
（他们怜悯你，从而感到幸福）
你的两个孩子，插在生命深处的插头
给你输电，嗞嗞电流闪着灵魂的火花
（他们羡慕你，为你感到幸福）
人毕竟不能像机器那样劳作
可机器也不能像人那样传递生命

微信公众号“中国诗歌学会”2023 年 5 月 2 日

母亲的晚年

李满强

父亲辞世的时候，她没有
想象中的悲伤，甚至都没有哭
只是认真地看着我们给父亲穿衣，殓棺
最后埋在老屋近旁的果园里

送走父亲之后，我曾劝说她和我们一起
回到城里生活。但被她严肃地拒绝了
她坚持一个人住乡下，在父亲的坟地旁
种瓜，点菜，栽植玉米和洋芋

她甚至爱上了扭秧歌、广场舞
有次我回乡下，在村里的广场
看到母亲和几个婆婆一起
排练舞蹈，她们的动作那样笨拙、迟缓

像是出生不久的孩子在练习走路
她们头顶的白发，在黄昏的风中
汇聚成一条河流，那被生活束缚和禁锢的一生

似乎刚刚找到一条自由快乐的出口

《广州文艺》2023 年第 9 期

梦境片段

朱山坡

父亲端坐在堂屋的门槛上
沉默寡言。我递给他刚取回来的成绩单
四周寂静，葵花开在墙角里
母亲已经三年不见身影
父亲说，她扮乞丐讨饭去了北方
但我还记得她的葬礼
简朴而哀伤，我们都哭得像猴子

父亲将成绩单还给我
说这些都不重要了
母亲也说过类似的话
我很伤感，因为他们都没亲眼看见过
我怀揣成绩单狂奔回家的样子

《山花》2023 年第 6 期

张女士

李　琦

张女士平凡，不是名人，也没有什么
可以称为事迹或者成就的事情
多年以来，隶属芸芸众生
却坚持认为，自己与众不同

她又的确恩重如山

点点滴滴，她养育了我
她是我的母亲

一个典型的哈尔滨女性
讲究，爱美，有些小虚荣
八十多了，还喜欢时装
说留着以后
有场合的时候再穿

她愿意称自己为女士
一辈子注重体面
就是骗子打来电话
她也耐心地说，对不起
别再说了，我挂了

她弥留之际，我握着她的手
感谢她的恩情，让她放心上路
她已经气息衰弱，却依旧
吃力地、迟缓隆重地吐出
“谢谢，也谢谢你们”

要是不这么老多好
要是健康多好
要是没摔坏、能下楼走路多好
要是还能和从前一样，再为你们
做点事情，多好
这是她晚年清醒时，经常说的话

不啊，妈妈
那一切都不重要，真的不重要
2019 年 9 月 28 日
要是从那一天以后
您还能活着，多好！

《十月》2023 年第 5 期

她一个人走着，却不孤单

罗振亚

阳光下
路旁的蚂蚁在搬家
前边的几只扛着角蝉与蚧壳虫
忙忙碌碌举重若轻
像极了孩子们幼时的游戏
槭树叶牵来一阵秋风
眼睛们纷纷打起趔趄
差点吹走一天的好心情

老大发炎红肿的牙周
已奈何不了海边横行的螃蟹
老二的书和文章摞起来比人高
没必要再用浓茶支撑黑夜了
老三那这会儿黄豆正挤着进家
老四屋后的鱼塘早比秋天还肥
刚下网课的老疙瘩合上课本
开始追逐二女儿的欢叫声

老母亲身体树影一样消瘦
心房却一年比一年更宽敞
里面住着两男三女
他们的四季起居孩子配偶
所以每天她一个人走着
可是从来不觉得孤单
她是一个人在走
她是和孩子们一起在走

《星星·诗歌原创》2023 年第 2 期

法兰西画家

梁鸿鹰

越辗转反侧
越觉得画家没错
不承认绘画与写作互认
只为获得精确直觉
就保持一次画家的独立吧
脱离野蛮
于冷静中确立应有的平凡

线条常常不可理喻
让饥饿奔赴和解，任人之内在明暗刷新
心、自然、智慧不附属于枯涩
纯粹的焦躁设下界限
阴影洒向人体
色彩如谜一般恢复万象
不管耳朵是否习惯疾风暴雨

掌握一次恐惧与半吨激情吧
从音符般的画布开始
一意鄙视绅士如蝙蝠般扇动翅膀
黄昏时分拒绝豢养荡然无存的天赋
不断分割色彩
看海水褪去发际留存的舞步
拒斥在幽暗间学舌与选择

《雨花》2023 年第 3 期

繁 枝

——写给嘉励

杜绿绿

1890年春，阿尔勒小镇
明亮的天空
盘桓而上的枝，伸展不息
方向和路径
交错、有序。

他抬起手在蓝天上
安置等候了一个冬季的枝条
此刻它们
将全部生机托付给他。

剪断任何一条
都是个糟心的举动。
赋予它们完整存在的权利
若他尽心
应能做到，就像他虽然过得不太好……
目前，
还是活了下来。

如果他被准许得到宁静，
它们也可以。
如果他获得闻香的赏赐，
它们不能丢失
一片花瓣。

螺蛳壳般突出的节点上
繁花绽放——
一树的真实

他决意全部留下，
处理枝叶缠绵的逻辑
而不简化
是他的勇气和礼物

——献给那个初生的婴儿。

《诗刊》2023 年第 5 期

卡拉马佐夫兄弟：米嘉

范丹花

而人世时有荒谬。一种有力的结构
压迫着我，让追逐成为一场驳斥或谬论
混合着所有情节的意外铺排
就在深夜一匹马车向前奔去，马蹄声越来越大
它几乎就要从我的胸骨中冲出了
这剧烈声响让我也在黑暗中徘徊了很久
步伐的雾霾笼罩在书页上，从内层
陷落的暗道中，望见茫茫一片雪域
这尘世活着的人啊，也必须容忍
灵魂中住着类似米嘉的人，看他横冲直撞
眉头紧锁，想把他拉离那道翻过的墙垣
想让他站到局外，看到激烈的虚空之处
直到那匹马筋疲力尽，完全停下来

《草堂》2023 年第 5 卷

一只功力高深的水果

师力斌

莫名亲切。绝没有爪牙

闪光的脸照耀饥饿
和霓虹公主娇滴滴的身材

大暑的安慰。在孤寂和戕害中救过你的
是一个默默无闻的灵魂，圆润、宽容
四合院般的心胸，散发与生俱来的甜味

此刻，她越过水泥城，反复从枝头诞生
一会儿黄，一会儿红，像千山万水的模特
分明在宣扬挚爱的生命力

《诗刊》2023 年第 9 期

牧　歌

胡　亮

他们放牧的不是羊儿，而是偶然。
如果走失一只偶然，他们就
不会吃到金枕头榴莲；如果走失
两只偶然，他们就不会找到
这片草甸；如果走失三只偶然，
他们已经不可能相识……万千
羊儿
都归栏，他们才能得到一个比
金枕头榴莲更可口的必然——
草叶都尖起了
耳朵，窃听着他们的翠色缠绵。

《诗刊》2023 年第 9 期

青　春

李　南

那是个纯真年代
恋情从不轻易发生。
年轻人花里胡哨，缺乏审美
花格衬衣、喇叭裤扫荡着地面
希望一次邂逅
在图书馆，在夜校，而不是百货店。
他们吐出满嘴新词
饥渴——面对着海洋——更加饥渴。
读书、旅行、彻夜争辩
大师都住在光里，供人仰望。
小酒肆油腻的餐桌
一次带着面包和汽水的郊游。
当然我也是其中一分子
从学生、青工、小记者
不断变换身份
总认为自己此生能干翻命运。
那时我们没有见过大海
没有见过海边坚韧而沉默的礁石。
那时槐花满地，茉莉清香
多少朋友边走边散……
那是上世纪八十年代
我只能捡拾起一些残存碎片
青春已被挤压进命运岩层
多少年后，仍能看清几道纹理。

《诗刊》2023 年第 11 期

傍晚的莎士比亚

朱 朱

Ⅰ

你几乎穷尽了所有的角色，
不过是我们借一团呼吸的热气
模糊了车窗上自己的脸，
从寻找一个角色，贪婪地占有
几个角色，直到被打回原形——
看似漫长的一生，在你的剧本里
仅仅翻过了薄薄的数十页。

你的雕像如今矗立在各地，
连同纽约这座我最想逃离的城市，
但我又能去哪儿？多少次，
沿画室外的广场如同穿越瘴疠，
来这公园中的次生林权当
来旷野呼告，而高架桥头的轰隆声
总是切割我刚刚酝酿的崇高。

Ⅱ

为什么如此畏惧人群，却又
爱他们每一个？爱她或他
被世界多出来的瞬间——
我画过那些眼神、那些窗，
那些匙勺在空杯盘底的乞讨，
而房子一侧亡母般在场的光，
我还画不出，也许永远画不出。

梦总是忽高忽低于地平线——
这十一月的树像写秃的

鹅毛笔，没有叶子也没有鸟，
而我想象自己每天傍晚时
栖上你的肩头，像一句台词
从舞台飞回剧本之前，喊喊喳喳地
叫着，索要着修改的余地。

微信公众号“人类理解研究”2023年8月14日

我的祖房

卢　辉

我的祖房有许多门：响声都姓木
管钥匙的人如今都改姓了土
就我一个人在门外：靠做点梦
回去几趟

祖房在李子垵算是一座大宅院
四四方方的天井曲字形的回廊：有一条栈道
走着走着
这个宅院的女人多了
光着腚子的哭鼻子的就接二连三地
住了进来

我的祖父爱读点书
也捡过一些文字
至今　族谱上的一笔一画
还剩下一点香味
在父亲的抽屉里面躺着

案上　祖父的长嘴壶渴了
村外的溪水还在壶底清澈着
锈了的灯盏
一根老烟斗

就等着墙上的爷爷：点亮

《朔方》2023 年第 7 期

在哀牢山，回想郏县三苏园

孤　城

风吹过此在，也吹过郏县。
风在哀牢山叫长风。在三苏园寂寥深林，
幽然平添一种，
回形针般的悱恻。混同曲折找到自身。
转述了，宿命的无端。

远足人平生赴山水宴，奏跌宕腹语。
于流水之声剔出来的神迹处，停棺不前——
渐次，三个名字，以青烟，以土丘上的侧柏为垫。

墓石有难以焐热的沁凉，人世有更迭不尽的浩荡。
四下多哀牢，不去想
万物，常使回形的针痛，被生吞。

《诗刊》2023 年第 15 期

火　塘

宋　琳

屋梁上挂着熏黑的腊肉，
罐子里腌着酸木瓜。
铁三脚架上，陶壶滋滋响，
飘出漆油茶的香味。

怒江供养着这一个家庭：

以口为单位的生物。

那男人，留着熊氏族独特的两撇胡子，
一言不发盯着火塘。如果开口
他至多会对自己说：“木薯可以挖了，”
“溜梆该换了，明天
去镇上打一副铁的。”

一把手提电锯，一小堆木块，
在他脚边，触手可及。

透过竹篾墙的细孔，
星光照见床上的女人和孩子。
玩具洋娃娃的大眼睛
在黑暗中闪闪发亮。

《山花》2023 年第 9 期

在夏天回忆青年时代的米兰·昆德拉

桑　克

青年时代的昆德拉，
青年时读的昆德拉，
兜里揣的不是白色药片，
而是完达山奶糖。

看见水箱，
临近毕业的时候。
如果手里有架照相机该有多好，
记录自己的脸。

疲惫、亢奋与
悲伤。又黑又瘦的夏天，

哥几个老了老了也没有学会
与女护士相处。

也曾熟练应用
概念，而今却用起少年时
瞧不上眼儿的情绪。
越活越往回走。

他们长嘴
就让他们说吧。
谁背后不被人说？造谣又算
哪根特殊的葱？

逻辑与良心，
酸黄瓜和醋，写文章吧，
写诗吧，把余下的命
活得更有意思。

微信公众号“一见之地”2023年10月3日

兰波绣像

柏桦

我是从炎热国度归来的凶残废人。
——兰波

告诉我，什么时候才能把我送到码头？
——兰波临终语

人的一生
短的疯，长的痛。
你别了发卡
我抹了发蜡

唉，埃塞俄比亚……

一曲微风能换什么呢？
换取她的袜子！
可不知哪一天。等着吧——
童年的燕尾服像一只悲伤的燕子
管理员夫人带鼻音，露出两颗牙

我走着，忍痛吸烟，忍辱负重
我腰间缠紧八公斤重的法郎——
一万六千好几百呀！
我可能穿越非洲去中国
也可能去日本，谁知道呢？

一切都已经等不及了
如果《元音》重写于布鲁塞尔多好
我现在连一分钟都睡不着
“奥米伽眼里有紫色的柔光！”
唉，埃塞俄比亚……

《广州文艺》2023 年第 4 期

咔嚓咔嚓

——致弗吉尼亚·伍尔芙

黄　芳

“我要为自己买些花。”
穿过伦敦第十大街
有一家花店
不一定都是玫瑰，但要有几朵
尚未盛开
一定要在清晨，用旧报纸包起
咔嚓咔嚓跑过积雪

咔嚓咔嚓
你在打字机上敲下属于自己的房间
敲下玻璃、窗棂，以及栅栏
你耽于幻想
用文字试探命运的深浅
偶尔表演一出哑剧，当众撕破
纸糊的战舰
作为反讽，你造于地下室的纸上建筑
则集中了世界上最硬的骨头
而你灵魂的光芒却禁锢于沉重的阴影
——死亡、战争、无法治愈的暗疾

“我不小心掉进河沟里了。”
穿过伦敦第十大街
有一条河流
古老、汹涌，如同预言
你留下悼亡书，脱掉沉重的黑外套
走向三月凛冽的河水
咔嚓咔嚓
你口袋里的石头在撞击着手杖

《花城》2023 年第 3 期

模糊的不安

马　嘶

湿闷之夜，暴风雨掀起书房里
的窗帘，径直蹿了进来
在我胸口形成一个个旋涡
卡夫卡站在阳台上
背对我。暴风裹挟着他的衣襟
室外灯光重砌了他的轮廓，高大，修长

他兴许刚从一场小小的朗诵会下来
阴郁、坚定的眼神，隐形在夜色
接着，是芥川龙之介。我一眼
就认出了他，瘦削，头发长而杂乱
也背对我，一只手搭在卡夫卡的肩上
他比我年轻，但明显憔悴了许多
有“模糊的不安”。哦，我想起了
这是七月，再过几天
他会结束自己的一生
我多想走过去告诉他，嘿，哥们儿
能不能挺住，这场骤雨很快就会过去
但我身陷于这光与黑暗交织的深渊
无法站立和说话
光柱般的雨水冲刷到他们头上
又飞溅到我的身上、书桌和墙壁
像甲虫群，发出巨大的振动之声
他们转过身来
帮我打开书房里的灯
捡起地板上散落的书，向我伸出援手
并温和地说道：“再坚持一会儿
我可怜的读者”

《山花》2023 年第 1 期

李白别传

梁　平

仙临锦城的次数屈指可数，
逗留也是优哉游哉，青莲街客栈里，
青油灯下找不到一枝莲，三杯两盏淡酒，
惊叹“九天开出一成都”。
这只能是天眼所见，而且忘了自己，
奔驷马桥而来，琴台去了，扬雄的老宅去了，

举荐的音讯却无，锦江水冷，
散花楼散的花付之东流。
心高未免气傲，狂士不觉地厚天高，
留一首《上李邕》落地生别恨，
也算是拂袖而去，背向渝州，
再也没有回头。

《诗歌月刊》2023 年第 9 期

西湘记

胡既明

她应该是翠翠。秋天，我站在雨的目光里沉思
西水被浸润日益丰厚，锁住十月的吊脚楼
像一件首饰盒，嵌满了爱慕的影子

一定有匪患来临，落草为寇的命题
在贝齿间反复讨论过。西去是飞鸟的倾斜
边城抵临更边缘的部位，渐渐她缩小自身

枕边青草铺满，连这为数不多的神迹般的胭脂
都要从她脸上褪去。人居、炊烟和小径
成为历史的遗蜕，或为一个音符

在梦里，她常常身披黑纱出行
依旧惯于旧式马车，用扬尘拉开前路的帷幕
我爱她，但说不出缘故。

《当代·诗歌》(试刊号) 第一期

沈周墓

黄　梵

到你的墓前，才觉心安
本该二十年前，就来鞠躬
来墓地感受吴门的尊严

墓碑可以轻易换新
可历朝历代的叹息，仍是旧的
因你彻悟了倪瓒，才把京城
看作谪居的天边

再次看你的画，才明白
你的细笔里，有太多克制的不安
你要让粗笔，把自己带到山间
用山岚雾气，吐出蝉鸣般的雄心

墓地的杂草，是你想说的话么？
它们绿得从容，刚在风中送走了秋天
而我用虔敬的脚步声，冒充你的后人
走到墓前，试图冒领
你用墓地暗示的遗训

《湖南文学》2023 年第 9 期

叼扇子的人

赵汗青

他叼着扇子行走，口中是
折叠的风，天空是无边的闹市
绳索如一条蛇，射向远方的王宫

而不是一条龙。他只有在空中
摇摇欲坠时才会感觉自己
像个贵族。如履薄冰……他知道
最尊贵的人都如履薄冰。王笑了
这冰就会化成水，水会淹没他
像笑一样淹没他

叼住扇子的那一刻，他感到是宠爱
锁住了他的嘴。迟早也会，或者已然
锁住他的喉咙、锁住他
没有鞋穿的脚。把沙哑的抒情
堵回身体里，做成一颗沙哑的心脏
再把木质的肺，开屏成
金碧辉煌的孔雀
迷失在丛林里，我是面只有
半圆的靶子，我的白
是中箭受伤的白兔的
白。扇子是我的道具，是我
只有半双，就能平衡于秋风的翅膀

我用耳鼻喉每一种感官
叼着扇子，用他失明了
我还明亮并且明媚着的眼睛
叼着扇子。回眸时，就释放出
两扇白色的蝴蝶。腰倒下，成一座
卧波的桥。我是哀怨的、谦逊的
是谗佞的粉红与孤标傲世的蓝
扇子展开，是我
在圆形着出鞘，然后去勾引
锐利的蜂与蝶。自由的是音乐
不自由的是舞蹈身上的
那个我。舞台是唯一的绳索。绳索
绳索是唯一的道路

——赠魏伸洲

《北京文学》（精彩阅读）2023 年第 5 期

桑之落矣

川　美

看她从桑树下走过，身材矮小，腰背挺拔
乌黑的头发，高高绾起，仿佛——
仿佛是一朵鸡髻花

看她低头系紧鞋带，又抬头看看天空
并不回头地，从门前的小巷，拐上了大路

看她的背影渐行渐远，不知要去到哪里
“只要离开伤心之地，离开伤心之地”

三千多年了，实在不敢相信
那个卫国的女人做了我对门的邻居
她丈夫不再抱布贸丝，他是一个卡车司机

《草堂》2023 年第 4 期

给莉莉

楚　茗

莉莉
我要你陪我喝酒
一想到
年幼时就用光了赤子之心
我要一瓶接着一瓶
呼唤爱

就像冬天
开水倒入茶杯
水泡在静谧中破裂的声响

《草堂》2023 年第 7 卷

除草工人

梁小兰

除草机的轰鸣声打破了校园的寂静
我无心写点儿什么，推开屋门
走了出去

天太热了，没有一丝风

除草师傅正专心致志推动他的机器
被打掉的草叶四处飞溅

间歇，除草机停下来
便听到太平鸟嘶嘶地叫
起初是一只，后来是很多只

当除草机声又响起来
几乎所有的鸟鸣都被淹没了

我的目光又投向除草师傅
他戴着草帽
草帽垂下的灰纱罩住他的脸
隐约可见皮肤黝黑，沟壑纵横，扩散着灰尘
背带勒紧他的身体
他推着机器缓慢移动

他劳动的样子真像我的父亲

他弯腰的样子真像我的父亲
父亲能干动活的时候
也是这样：一丝不苟
弓着身

《诗刊》2023 年第 16 期

乡间年饭

程　渝

青瓦阻拦不了炊烟
热闹升腾
忙于各地的亲戚围坐在
临时的篝火前
谈论一年的历程和
来年规划
忙于厨事的家人
奔走于灶房及院坝
运送清洗的食材
摆放桌凳
并把做好的菜端至桌面
吆喝开饭
四散的亲人围拢而来
共享乡间的飨宴
有的安静吃饭
有的为多倒的酒水小有争执
但不伤和气
一切，都是如此地和谐
如此地和谐
被我定格在镜头
仿佛时间静止
而当我再次翻看相片
我又被带进场景

仿佛众人从未分居在各地
为生活劳命

《当代·诗歌》（试刊号）第一期

人间这么美

贺　兰

病友没有道晚安
而是说了一句：我要好好活着。
我听出这里面
有比晚安更让人安心的力量。
她现在已经完全变了一个人
变得爱说，变得爱笑
换了一份工作后
薪水不高，但她十分喜欢。
她很感谢那场大病
让她终于活得像一个人。
她说自己
一睁开眼睛，就能看到光
而那束光
来自她的胸口
她的腋下
来自身体上那结着刀疤的地方。

《诗潮》2023 年第 4 期

光

包　苞

从碧口马家山茶园下来，九岁的秦兰郁
一直操心何处能够停车。

这小小少年，为他矿泉水瓶子里的生命担起了心。
本来只想亲近一只流水中的蝌蚪，
现在他已经后悔了。
他不停提醒，找到水流，并且能够走到水边。
他要把自由还给生命，流水还给流水。
这是一个小小心愿，却是一件大事。
当他从水边返回，明亮的眼眸中散发着干净的欣喜。

一辆长途客车，迟迟不发，
还在耐心地，等那个还在路上的人。

《星星·诗歌原创》2023 年 3 月

老 者

荣 斌

他们把往事，打浆，曝晒
变成一张张纸
他们把纸折成
飞机的形状、蝴蝶的形状
梦想的形状、爱情的形状

折成年轻时，自己的形状
他们站在命运的入海口
回望平静或动荡的一生
合十的双手
对石头和泥土表达敬意

他们枯萎的掌间有万千纹路
广阔得像一片土地
而这一生，存活在锋刃之间
他们的内心，却并没有荒芜

《红豆》2023 年第 1 期

贺兰山手印岩画

杨森君

岩石上的手印
轮廓还在

我把自己的双手按了上去
刚好与我的手形对称

似乎这幅岩画
是以我的双手为原型
雕刻在岩石上的

可是这幅岩画太久远了
石头上的包浆也变成了石头

莫非前世
我生活在贺兰山上
假设事实如此，假设
我是一个转世的人

这双手印
就是上一世的我留下的
那时，是否占山为王
不确定
养鹰、放牧
应该是职责所在

那是一个自然主义时代
杀自己的羊炖肉
骑自己的马兜风
不用微信，不看快手，不刷抖音

没有房贷，更不知德尔塔病毒为何物

同行的人
都看见我看着岩画发呆
却不知道
我在想什么

在我离开岩画前
我又一次把双手
按在岩画的手印上

我突然感到
那双手
在用力推开我

《飞天》2023 年第 1 期

楚 剧

田 禾

戏在一阵急促的锣鼓中启幕
县太爷习惯敲着惊堂木
书生总是在潦倒失意时，遇上
员外的女儿，青衣挥舞长袖
对有情郎一见倾心，一旦海誓山盟
就要海枯石烂。赵琼瑶四下河南
是被逼的，陈世美不认前妻
遭人唾弃。甩袖，念白，跪唱
楚剧里的悲迓腔（一句长腔
或拖腔），让台下多少人哭

摆一张桌子就是江山

英雄总是在民不聊生时出场
挥动马鞭就是骑上了快马
穿云彩，驾长风，怀剑气
一剑能挡百万兵。千军万马杀来
城内杀成一片血海
后面喊一声：看剑！看戏的人
眼睛一眨，不觉，换了朝代

生旦净末丑轮番登台
只要穿上戏服，立即进入了角色
演员一亮相，死人就活了，关公提
着青龙偃月刀，曹操败走华容道
少年登上舞台，挂上白胡子
就自称老朽了。主角和配角
都是戏中人生，所有唱戏的人
只不过是把昨天重复了一遍
戏里的过错不要算在他们的头上

《长江文艺》2023 年第 2 期

善　意

康承佳

她可以忍住，等哥哥星期五回来
才一起拆周二买的饼干

每周五她都会给奶奶带回幼儿园中午
给小朋友发的蛋糕，那在夏天
被捂得都已经变形的蛋糕

她会用心地记得出门多带点零食
喂一下小区的流浪猫，等到冬天了
她还会送去她过往的小棉袄

听到童话故事里饿死了的懒惰小猪
她也会哭，她一直信任那些小花小草说话的故事里
必然存在和她一样干净弱小的生命

理解世界，她怀着小小年纪才有的小小慈悲
多希望，多年以后
世界也能够对她，饱含相同的善意

《诗刊》2023 年第 2 期

小说旋律

赵 依

当我们准备讨论时
男人躺上爬犁，在原始森林里，被女人拖着
太饿了，已经煮过犴达罕皮口袋和乌拉鞋
朝草塘方向前进

讲述情节那会儿
两人到达冰冻的河边
一个窝棚空着，有炕席和不多的米
他提出挨她身旁睡一晚，闻闻女人味儿
然后醒悟，猛扇自己耳光

在这个细节之前的之前
想打黑熊的他，被拍在雪地
内脏受伤，不敢动，怕血流得太快
他得让她吃肉，补充体力，活下去
有重要情报要送

天亮，起床，提桶打水。雪上的阳光似银针
一口冰窟窿，还腾热气，旁边卧一张爬犁

女人惨叫

男人投了河，示意
羊皮大氅、花牌手枪和生活物品归她
她必须完成任务
——这首诗写一篇小说
发在春天，关于抗联
作者说有原型

《青年文学》2023 年第 2 期

一个人的蔚蓝史

蓝格子

你坐在礁石上，与之前坐在船头，似乎并无两样
巨大而坚硬的贝壳。海浪从远处追赶着漫过来
不断冲洗发白的岁月。而你，在浪花面前，早已习惯安静如斯
正如现在，你看着手中夹着的香烟越来越短
也一如既往地保持沉默
深海风暴从不在海面彰显它的力量
我有幸听到你讲述。你说十年前你去黑海，去未知的海峡
还成功地绕过索马里。
宽阔海域，红色国旗飘扬
就像一个人新鲜的心脏，有节奏地跳动
你说着，无数条叫不出名字的鱼虾从记忆深处游来
一个人不大不小的历史从你的喉咙里缓缓走出，越过紧闭的牙关
你的嘴唇发出海藻般迷人的声音，带着咸味
我记不清它们全部的内容
只是，退潮时，你蔚蓝的命运遗落在岸上
海风吹着你，过于轻薄
月光倾斜，沉睡的渔船披上厚重时间
慢慢陷进脚下的细沙中。像搁浅了几百年的海螺，没人吹响
我看见海水从你的眼睛里溢出来

洁白的盐粒堆积在你布满褶皱的脸上
无人问津，更无人打捞

《飞天》2023 年第 9 期

哥　哥

王　咏

去工地旁的小酒馆，请他吃饭

显然，来之前
他洗漱过，并换上了最体面的衣服
席间，几次把手掩到桌底下
我知道，他怕被我看到
粗糙渗血的手，和指甲缝里灰白的水泥
他的话，出乎意料地多
全部围绕着我的生活
笑的时候，他的牙
特别白净，瓷一般闪着光
想起，我们同时考上大学那年，他用牙齿
开过一瓶啤酒庆祝

不到两个小时，他便喝多了
扶他起身，我看到他裤腿上缝了个
补丁。针脚歪歪扭扭

像无法痊愈的伤口

《青岛文学》2023 年第 1 期

白鹤楼怀苏轼

李林芳

右手悬于孤峰兀立处
左手抚一帧峦上流云图
身后青山连绵，如上苍安在人间的一把座椅
叫飞天的宾馆，从陡崖上滑下
滑进青湖绿水，屋瓦飘摇
如风吹衣袂，吹着石壁上刻字的人
他起身，抒怀，时光留月
满树的柿子，捡起秋风熄灭的焰火

从遥远的宋朝来，白鹤楼一路行吟
芒鞋沾了露水
分不清它是亭台、楼阁，还是一块端坐的石头
白鹤已去，鹤鸣一路打磨流水
涧谷空鸣，艾草青葱
艾叶如爪印，有着潦草的倥偬

《北方文学》2023 年第 10 期

寒山子

西　川

虫鸣天台，露湿竹榻。
僧坐寒岩，风转山凹。

癫狂寒山但得明眼人，
讽谤唱偈即自流天下。

日出东林，月落西崖。

智者旧迹，宿鸟飞花。

一茶一饭，尽是甘苦。
一草一木，尽是空无。

癫狂寒山但得明眼人，
讽谤唱偈即自流天下。

小径大道，沃野孤烟。
群星在天，三千大千。

寿夭祸福，冷暖贫富。
鼻涕眼泪，再走一出。

癫狂寒山但得明眼人，
讽谤唱偈即自流天下。

《中国作家·文学版》2023年第8期

鸠摩罗什·25. 妙音寺

欧阳江河

心种子，打开一个概括，
水的耳朵被泼向大地，
听上去像一个异想天开的工匠，
以天工的手法造物，
又以造物的精神尺度造词。
诵经声自地下涌出，
水滴，滴在纯银的泪滴上。
东方三圣徒走进妙音寺，
将三枚银币多给了银匠一枚。
鸠摩罗什端坐在莲花中，
气息渐渐安顿。

一大把铁针不是众弟子能吞下的。
译事日深，积尘暗淡下来，
日后重写重读，
读得白骨累累、青草萋萋。
草色连天，未经大面积日晒，
毒日炎炎而头发湿漉漉的，
不敦请，也不求古人之迹，
唯求古人之所求。
造物后面，造词两手空空。

《万松浦》2023 年第 3 期

叙事人

华　清

一个古老的故事。自然界的叙事人
必须是一位老者，须发皆白，历尽沧桑
但仍配是人间智者的化身
必须是一只鹰，或是那样居高俯瞰的
高度，那样地泰然、沉迷、沉溺
凝视着大千世界，每一个角落、角度
他有着神一样的慈悲，从容经历过
一切的生老病死，并从诸神的角度
学会了洞悉：一切苦难、悲喜
一只蚂蚁的诞生，或一枚田螺的枯死
关键是，他不会为天地的不仁
而感到愠怒，不会为一只狮子猎杀羚羊
而感到悲戚。因为他知道狮子也有
一只幼崽正嗷嗷待哺，作为母亲
它的母爱也正泛滥，天经地义，而那只
不幸的羚羊，也用它的死，缓解了
它的同类和另类的危机。草原因此而
变得松懈下来，并用片刻的悠然和安详

循环着它万古不变的傲然生机……

《红豆》2023 年第 4 期

仿戴望舒

张新颖

我是二十一世纪的蝴蝶所以我思想
几千年前我的祖先飞进庄子的梦
迷梦如花醒后困惑如花枝交缠
而花朵轻呼
透过无梦无醒的云雾
来震撼我斑斓的彩翼
但我不能起舞于今世因为
他们囚禁了时间和空间

《上海文学》2023 年 2 月号

我爱陌生人

岳　西

我爱陌生人、陌生地方
陌生的事物
我通过爱它们，爱我自己
爱我身体里无穷无尽
陌生的部分
我爱陌生的口音、说法和做法
坏人那种陌生的坏法
我爱我自己
对什么都理解，都包容
我爱陌生的穷人
爱自己心里

装着菩萨那种感觉

《当代·诗歌》（试刊号）第一期

外卖小哥的鸿鹄之志

王计兵

毕业时他羽翼丰满
但现实很快
拔掉他的翎羽
他说，那时
就是一只落汤鸡
站在岩石上
抖落浑身的水珠
既然不能飞得更高
那就跑得最快
在路上
他耳边穿行的风声
让他感觉到自己
仍然在飞
疼痛是暂时的
作为一个有梦想的人
翅膀迟早会
再次让他在云端
翱翔自如

《诗刊》2023 年第 15 期

第二辑

我所有的诗都是献诗

韩　东

我所有的诗都是献诗。

我为动物写诗，它们不会理解。
为植物写诗，它们
不可能因此开花结实。
我为逝者而写，
他们再也没有机会读到了。
为离去的人，为所有的那些沉默。

就像走在没有星月的路上，
前方依稀有一堵墙，
我用诗歌刺探。
虚无传递到我的手指尖，
告诉我在这里。

《长江文艺》2022 年第 11 期

如　初

何向阳

大地一如丝帛
那时　海平如镜

那时　你尚未出生
喜马拉雅的骨骼
渐次成形

那时还没有火　岩浆

奔腾　未来
正于抵达的途中

《万松浦》2023 年第 4 期

刺　猬

江　非

我跟着一只刺猬走路
它孤身一人，走在草丛中
它在寻找吃的，草叶遮盖了一切
它回过头来看着我

它的眼神是那样地幽凄
仿佛在等我说些什么
我想举手做点什么
但我知道，面对永恒的心灵
我什么也做不了

幽凄是这个世界的
基本表情
刺猬只能这样幽凄地看着我
在草丛里走它的路
我遇见一只刺猬
随它走完一小段路
我也不能去赞美或应答
一颗没入草丛的心
只能这样无奈地跟着它

《诗刊》2023 年第 3 期

爱是一场大雪

商　震

雪的颜色不是纯白的
夹杂着许多俗尘

白色是给外人看的
俗尘是用来两个人享受的

白色不会有纯粹
爱也不会纯粹

两个人能裹着大雪生活
是在拒绝外人踏入

大雪之内
是两个人热闹的生活

爱是一场接一场的大雪
烦了累了就再刷新一次

《星星·诗歌原创》2023 年第 5 期

以夏天的黄昏为例入门

臧　棣

名义上，我带你去看
芦苇深处的黄昏。但事情
很快就变了样。刚转过几个小弯，
离天鹅湖还有一段距离，

热风就已被满枝的海棠果降温；
归巢的麻雀刚渗入序曲，
我就发现：按影子的比例，
我们的步伐更像是，我跟随你，
跟随你的被夕照放大了的童年，
去看并无明显时间标记的
世界的黄昏。不完全是夏日的黄昏，
不完全是自然的黄昏，不完全是
生活的距离已被处理好
才能充分面对的黄昏。
当我们拨开芦苇，谁如果提到蚊子
谁就输了；谁就不配拥有
那个纯粹的秘密。浑圆的太阳
正以地平线为尺子，将夺目的红云
汇集成只有你才看出来的
美丽的降落伞。当落脚点
反映在戴胜的惊飞中，以至于
最终确认为星星城堡后，
原始的黑暗仿佛已被看透，
轻颤的苇叶兀自稀释着古老的恐惧。

《十月》2023 年第 1 期

风

陈先发

失明了，会有更深的透视出现。
失忆了直接化身为一阵风。
穿林而至的长风，正送来蝉鸣
蝉是怎样走上树冠的？
闷热中泻下这蝉声如瀑。
这声音如此整齐：
并不存在谁先孤鸣

其余的醒悟了再去响应

原来我在林间这么久了。
发觉自己在最激烈
的嘶鸣中
也能酣然入睡
林子里，三三两两的老者入眠
仿佛衰老足以吸干周边的一切
或者这世上所有声嘶力竭的
容器，原本都是空心的
不可理喻的静谧包裹着我
风从光影斑驳中徒然吹去
我看不见，记不起，说不出。

我在我的硬壳中睡着了
没有一丝一毫的溢出

《山花》2022 年第 11 期

渺茫而轻盈

池凌云

入夜，虫子们开始活跃
它们鸣叫的声音像蛐蛐，
一个个整齐的音节，从未知的地方
传来。空中浓重的墨色
给苍穹增加了重量。
我合拢正在读的书，对于其中
散文有益于诗歌的理论，心存犹疑。
想到明天就要刮起大风，我不知
椅子的四条腿，是否需要加固，
门窗是否需要修理。但我必须在今夜
紧闭门窗。

今夜的虫鸣已进入屋内，
明天将有大风，到我的椅子上。
它们结成透明的凝块，一些菱形的
将从关紧的门缝中进来，搜寻
遗落在角落的老土豆。只是
一只土豆的历程，而不是
记忆的片言只语。我对遗失的
感到渺茫。

我已无话可说。
悲伤与风一起嗅着土豆的记忆。
所有那些来自爱的鼓励，都已结束。
明天开始，就不用再想
如何让自己变得轻盈。
或者从嗡嗡响的噪音中
获取新生。

我与今天的一切道别。
我从没有怀疑过的爱，我与你道别。
我不再从一阵风中感知渴。
不再从建筑的影子，采集
里边的金属。我已拥有太多
阴影中的漂浮之物。
它们像真实的土地。
它们总是萦绕。总是
随风而动。就像那些未完成的诗篇
在后撤中，孤寂地流淌。

《草堂》2022年第11卷

瞬　间

江　汀

风指代声响，
光线指代回忆，
眼下的这个瞬间指代一个陌生人从他的窗边侧过身来的
那种永恒。

傍晚的七点钟向下沉落。
仿佛踩着沙子，我继续前行。
我的心中空无，我的呼吸平静，
我的眼睛认识他人的真谛。

《诗歌月刊》2023 年第 1 期

午夜的桌子

朵　渔

我们围在一张午夜的桌子上
共饮，这可安放灵魂的桌子
仿佛将一粒种子种在石头里
酒精在它恢宏的平静中摧毁着我们
爱捶打着我，如此惨烈，又如此甜蜜
桌子是孤独的，仿佛就是孤独的中心
当午夜的光照在它平坦而虚无的心灵上
如此怜悯，我们在这难挨的虚静中等黎明

《大家》2023 年第 1 期

我们无处不在

桑　子

在大多数无意义的事物中认出自己
以另一种生活
在陌生的地方以我们的名义
疏离着我们
我们无处不在
握住绳索　绳索就是我们
摘下果实　果实就长在身上
从时间的外部走进时间内部
耗费了我们的一生
而时间又是谁
垂直或者水平方向单调往返着
一切都在疯长
速度超过我们感知
黑色吞噬一切
满院刈过的草重又回到根茎上
我们从别处而来
伟大的光合作用已不在
楔子进入结构的缝隙中
夜在夜的身上消失
谜语消失在谜底中
仿佛一次有力的拥抱
在时间的尽头反对死亡
反对隐喻以鲜亮的颜色穿过旷野
反对又大又圆的月亮让每个人
看上去　孤悬在人世

《扬子江诗刊》2023 年第 1 期

以良夜的立场

康宇辰

以良夜的立场思念一些人，
不是溺水的奋挣，不是疯狂的
要以人之伟大而捕风的年轻。
此刻的幸运，是友谊的泉涌，
给我不可枯竭，给我钟鼓笙箫，
像天上的事情经得起各种沧桑。
抬头望，那些藏匿的航线里
有许多沉默，许多说错的话。
从双流到遥远的诗歌的异乡，
我怀想我们的节日，有的甜美，
有的自由，有的过于盛大和庄严
还未曾来临。我在期盼中安静。
期盼新的一日吧，南方和北方，
冬天和春天。以良夜的立场
蝉蜕某些真实，过于晦暗的真实。
我想在人间的春回里找方向，
红烛和谣曲，风俗的表象下
难解的美，我们曾为彼此照亮。

微信公众号“在人类的窠臼里”2023年2月2日

在蓝色之星以外

龚万莹

太阳，世界的光辉之眼
我们以为，它在每一个白日的尽头
心灰意冷，转为一只冷眼
却又在每一个黑暗遮蔽的梦境里

以古怪的热情，重新孕育沸腾
是我们忘了
在蓝色之星以外
它永远燃烧，永远光明
每夜冷却
每个清晨一再重生的
是我们

《扬子江诗刊》2022 年第 6 期

小是逃逸的甜

刘阳鹤

不可言说，不是说
我们未曾小过，抑或小是
压缩的口述史：无字据，故记述
空有褶皱，而我剥不开
鲜橙的缺口，独在一旁提炼
内在的甜——

这无用的甜，从舌苔
逃逸的甜，或可虚构一场
蜜制的婚姻。一旦苦涩
在啤酒花中漾出你，那些过剩的
情嗜便凝结成核，此中却有
蜜意流出，裹向永恒……

《草堂》2023 年第 1 卷

语言能抵达的，爱早已存在

田　湘

树从不说话，它们的语言无人能懂
暗地里，树的根纠缠在一起
叶也在相互触摸，但就是不说一句话
语言似乎是多余的——
语言能抵达的，爱早已存在

《红豆》2022 年第 11/12 期

落　日

西　渡

不能迎接朝阳，就去迎接落日
群山之心一旦模仿海的战栗
落日就是一个油彩的巨匠
涂改着古老大教堂的天顶画
……龟背上的波浪碎散，光线
被投身精神之海的鱼群打乱
如果这时候你像一支箭站上高地
你将看见洼地的白菜的田垄，像海底
沉船，最早滑入沉默和黑暗
如果这时候你是一支离弦之箭
你就会射中一生中最致命的对象

《广州文艺》2023 年第 2 期

互不打扰

李　点

我们躺在同一床宽大的被子下面
背靠着背
手里握着各自的手机
我们已经到了互不打扰的年纪

想到若干年后
我们躺在村北的麦田里
以同样的姿势
做着毫无意义的回顾和反省

而朋友们，在五湖四海
继续各自的生活，彼此，也都不再打扰

微信公众号“李点儿”2023 年 2 月 9 日

黄昏读书

剑　男

一个人从故纸里来到我们中间
在黄昏，加重了旧的痕迹，他带着故事
但光环是落日加给他的，我们
完善了他故事中空白的部分，同情他的
贫寒身世、苦难童年以及落魄
发奋的中年，承认那个虚构女子是他的
红颜知己，承认他的世俗和我们一样
承认他的高洁让我们望尘莫及
我们像文物修复师，把他模糊了的形象
清晰地还原出来，拂水照花，又

把他塑造成我们渴望见到的样子，至此
我相信，很多时候我们读书不是试图
理解他人，而是为塑造自己
无论用多少文字对自己进行刑讯逼供
我们都无法将他出卖，他在那里
是我们心中的朝阳，但此刻要像落日一样，承担
人世悲凉薄暮中虚幻、温暖的部分

《草堂》2023 年第 4 卷

信条

徐　晓

我们是每一个，亦是同一个
我们必将带着破碎，从一个深渊
滑向另一个。在明天，或后天
我们曾幼小而完整，像枝头的果子
渴慕着落地。当我们长大
我们柔软的触须被踩踏
伤口流着脓，很长时间溃烂着
疤痕之下埋伏着成年的隐痛
闲暇时分，我们利用想象
在云雾缥缈的仙境里飞翔
在那里，终于偶遇爱情
一个男人，再三地回眸
不再只是一个模糊的背影
他朝这儿走来，坚决而欢快
云雾消退，我们醒了
短短一生，我们已经活了很久
等了很久。我们相顾无言
从今往后相似的每一天
还会有迷人的故事发生吗？
我们背对背，无法看清彼此

却又心意相通
总在深夜里大笑，并不常哭泣
也从不借助于外物
来确证生而为女人的身份
即便他在明天出现，即便他是
我们所渴望的那个人
今夜从不是我们丧失自由的最后一夜

《朔方》2023 年第 2 期

大雨将至

吴乙一

天空忽明忽暗。我依旧行走在
幽静的环山公路
仿佛要独自将悲伤带到更开阔的地方
我相信，黑暗中一直有陌生人
陪伴着我
有时，他在我前面
有时，他会放慢速度，回到我身后
并用低沉的咳嗽一再提醒我——
注意避让闪电
注意闪电中突然浮现的脸庞

《诗歌月刊》2023 年第 2 期

小时候

杨 键

小时候，
我扔一粒石子到河心，
那涟漪由近及远，

一直在扩散，
还没有结束呢。

而小时常见的牛，
却结束了。
现在才知，
那小时的牛，
就是我，
黑而沉，
还在泥坑里，
赖着不走呢。

由此，
我想起，
小时看见
大人用门板抬着死人，
现在才知，
那死人不是别人，
正是另一个我。

是的，
在梦里，
与在梦里醒来，
是在同一张床上发生的，
这是我小时候不知道的。

《草堂》2023 年第 2 卷

喜　欢

叶延滨

说是喜欢读书
其实就是怕夜太长

点一盏灯就往文人堆里凑
听故事，说古今
讲道理，论天地
如今满书架都是旧知己
却不知欲与谁同行
对月亮，数星星，无语
自己给自己找台阶下
喜欢孤独

就像舞台上又蹦又跳
早成了习惯当角儿
突然下到后场
是谁说了跑龙套也无妨
笑笑，手一摆
一把椅子加半杯凉茶
自己给自己搭台
眼睛眯成了一条缝
心里敲着鼓点儿
喜欢自在

《北京文学》（精彩阅读）2023 年第 3 期

有　神

伽　蓝

有神住在我们的身体里
他饮酒，读书，吃饭，睡觉
他与妻子们相爱。

他不具体，我们的具体就是
他的具体，我们的善意
与他更近一些

对照镜子，也看不见他
X 光机也照不见。

他并不刻意，要从我们的肉体
凿出心灵或别的
他不在乎，我们是猫、狗、蝴蝶

拥有此刻，已经足够
我们是一座房屋、一部车
有神住在里面，就请他一直住下去

《十月》2023 年第 2 期

完　整

谈　骁

下雪了，落在头上、肩上、背上，
我用朝上的部分，遮盖朝下的部分。

起风了，风只会从一个方向吹来，
我用迎风的一面，挡住背风的一面。

我带着全部的身体和心灵在世上生活，
你们看到的，是风霜正在雕刻的。

我还有所保留，为了让隐藏的部分从不存在，
我已倾尽所有，为了让露出的部分更加完整。

《长江文艺》2023 年第 5 期

半块镜子

草　树

书桌上半块镜子
背面镀着水红的汞
整齐的边沿另一端
变成一条锋利的弧线

水洼折射的阳光在墙上摇曳
我拿半块镜子把阳光
转移到每一个人脸上：我照八奶
她从麻桶腾出一只手
挥动，像赶蚊子
我照大爹，他抄着一根赶麻雀的响竹
作势前来打我

半块镜子住着
两代女人的容颜
当奶奶的矮髻散开
或小姑妈解开长长的辫子
我就站在门框边

半块镜子。它的缺口
从未咬我的手指
斑驳水红在背面也从未吞噬
越过树枝和窗棂的熹微

《诗潮》2023 年 3 月号

蝴 蝶

余笑忠

在一次朋友小聚的饭局上，我见过
一只孤单的蝴蝶
闷热的傍晚，我们在街头落座
菜肴还没有上来，啤酒已开启了几瓶
一只白蝴蝶翩翩飞来
我们默默地等待着，领会到彼此的默契
猜想它会降临到谁的身上，并随时准备
为此举杯相庆

它忽高忽低忽东忽西，像深夜的醉鬼
认不出眼前的家门，最终
弃我们而去。没有偏爱任何人
这多少令人失望，座中居然没有一个人
能召唤蝴蝶
好在我们没有为此打赌，只是看见了
彼此满怀期待的神情——这期待如此单纯
单纯得好像我们是同一个人：短暂的忘我
片刻的出神，像置身心之所往之地
渴望一醉

《诗刊》2023 年第 5 期

淹 没

李 樯

他经常凌晨三四点钟起来
到旷野里数满天星星
有时候还能遇到令人惊喜的流星

周围有风、大片的草地和虫鸣
他在黑暗中静静站着
直到变成一缕风中的微风
变成一只草丛中的虫子
一颗光线最弱的星球，它必是
躲得最远的那颗

他越来越乐于接受
这种被淹没的感觉

《十月》2023 年第 2 期

真正的我

麦　豆

仔细听
是往昔的松涛声
在代替
眼前的汽车
疾驰在雨天的马路上
闭着眼倾听
我知道此刻在代替过去
我知道我此刻
正站在雨的边缘
人类的屋檐下
但也只是一个
我的想法
真正的我
在另一个世界里运行
这个我
只是在替他感受

《山花》2023 年第 3 期

雪夜失眠

张子选

雪，认真地下着
然后，停在了半夜
乍起的风中

把其余的夜哄睡
听任白昼用剩的那部分自我
似梦犹醒，辗转反侧

我似乎一直在等
风若隔窗喊我一句
雪能替我答应一声

《诗刊》2023 年第 7 期

洗我的心像洗韭菜叶

张　战

我常疑惑韭菜需不需要一片片掰开洗
顺着细长的叶片往下捋
流动的清水里
不能重也不能轻

我不满意一大把紫豆角里没有发现一只虫
虫都不吃的豆角，人怎么吃
我的心已有好些虫孔
我捉虫又喂虫

有次我以为一截枯枝是枯叶蝶

我仔细看
但它真是枯枝

我的厨房里冰箱嗡嗡响
悬崖上一个大蜂巢
女人天生懂得怎样把锅铲推出去又拢回来
每一种花粉都能酿蜜
蜜蜂脚上常钩着一个大粉球

今天，一个每天向我问好的人突然走了
他一直劝我不要怕猫咪
是他告诉我凉拌黄瓜要去瓤
他曾指给我看一个小女孩捉蜻蜓
小女孩比蜻蜓还轻盈

现在我的心上又多了一个洞
我不怕
我已准备这辈子就用这颗心来喂虫
来吧，把它吃得一丁点儿都不剩

《诗刊》2023 年第 7 期

寒　夜

张　烨

我全部的力量是一行诗
缆车悬在诗行的索道前行
如此沉重使我疲惫不堪
风，大口大口咀嚼着雪，银色的雪线
是青春的亮
山谷如一对虎牙
深渊张着虎口

你的心情是缆车
是飘满雪花的凉
你需要我，我感到幸福
这条坚韧的索道
铁血的热焰，勇敢、欢乐与希望的和弦

《诗刊》2023 年第 9 期

万物皆有秘密

羽微微

有时身体的颤抖
令我怀疑
我也是某事物的回声
但不辨其意
万物皆有秘密
那么有可能
我亦是储存之处
时光急，漩涡美
树荫之下，世界清凉，虫鸣清脆
人蒙尘垢
却都有一只干净的影子
知晓这世上的秘密
却从不发一语

《钟山》2023 年第 3 期

现在如果让我忏悔

杨庆祥

现在如果让我忏悔
我就忏悔吃了太多食物，

买过一些华丽的衣裳。
我就忏悔浪费了太多的水，
也不该在空无一人的房间开灯。
我不应该说太多的话，而且掺假
——虽然有时候是为了安慰。
现在如果让我忏悔，
我就忏悔精神的不洁，没有好好地去爱
陪伴家人太少，也不该时常陷入虚空

现在如果让我赞美，
我就赞美春天的花和秋天的月。
我赞美冬雪落在旅人的脸上
——不是为了阻挡而是为了清洁。
我赞美黄昏的医院走出健康的老人和我们的孩子
踏着晨露去接受真理的布道。
现在我赞美
医生的体温计教师的粉笔工人的测量仪和所有送外卖的 APP
我赞美没有欲望的劳动和没有虚荣的工作
我赞美朴素简单的心
——爱的圣光由此上达天庭

即使你听不到
即使在蒙眬的泪光里我并不能触碰你的幻影

《大家》2023 年第 2 期

山中书房

柳宗宣

最后的书房：矩形。独立
通透，没有遮拦。通过暗楼道
朝向它在高处，灯照尚未熄灭
橘黄的光从敞开的门倾泻

樟木香的桌面；打开的书卷
翻过山岭的太阳光线
敷设立面的书柜。一生建设的书房
看不厌的书脊编织的新鲜图案
你缓慢落座，在大公鸡叫鸣中
写下梦境涌现的句子
最后的书房；心脏起搏器
维护身体的运转；漫延至比邻的茶案
观影室。书桌临窗。视线从层层松林
通向山外的山外的山。灵思从字里
与行间，漫步到无人行走的山道
一本书带出一队人物隐形交通
一个少年从装有连环画册的纸箱
到无名青年教师宿舍床头的书橱
清贫的三口之家。独立的书房
通向南方的阳台。诗书带领他
出门远行，在不同的地址
安置新的居所。地安门筒子楼
简易的书架，挺立在单人床北侧
越聚越多的图书，停泊在木床底下
无声。颠沛流离的藏书随着主人
团聚山舍，如往事涌入
妻子在楼下厨房；你在你的领地
相对默坐；或电脑前敲响键盘
它们静立身后。一本本隐藏的书
牵引你登高，在梯子上
从体内搜出多年前的一本
相见如故人。室内乐让这里洁净
如禅室祷告。新鲜的空气中
撕开塑封抚摸书皮；山壑随阶转动
穿过明暗楼道；群山为白雾缠绕
月翻越山脊；静谧的神灵附体的时刻
尝试写下，属于自己的一行诗
残余火焰的壁挂炉：余温尚在

朝内投入越冬的木柴（你就是木柴）
这里有梯子、床榻、便池、音响
供你使用的杯盏。古琴斜挂墙面
囚室也是乐园。幽灵游荡芭茅
斑竹投影；从纱窗望出去
群山横亘静立，如同旁观者

《草堂》2023年第6卷

这是我唯一的地盘了

西 娃

你一次次给我讲述
你的梦
你那么多梦里
都有我

每次
我都避开你的目光
我一次也没梦见过你
我的梦
通常不接通现实
我的梦里
通常没有其他人

亲爱的
我不能责怪你
始终走不到我梦里来
我也更不想责怪自己
没有在梦里
为你开一扇窗，留一条缝

这是我唯一留给自己的地盘了

《诗刊》2023 年第 11 期

原地归来

田凌云

剧本已经写好，演员们也都已就位
此刻尼采得到了休息
天空用下雨庆祝我的第一部戏剧
冷替代热，热又替代冷
医术与医德的概念，化作了人的样子
与人的行为。此刻，我在大家的
欢声笑语中，从“我”里走了出来
从云端里杀出了一条，归往凡间的路
看他们获得快乐，也看快乐收割他们
偶尔，我也会露出两颗白牙
乐一乐，假装自己也被快乐俘获
假装《法华经》已成为我全部的骨血
来帮助我变成一个正常又没有过多思想的凡人
假装瞬间即一生，只想在面前的场景中
把自己献祭给，二十平方米里的喧嚣的自由

《四川文学》2023 年第 10 期

小奏鸣曲

葭　苇

我用你形容柔软。
猎枪响了，桃花开了，
镜子把我放进玻璃里面，
比一朵花的热焰

还要亮些。

你的口哨还有电吗？
细屑的叮嘱，给予爱的肯定。
连呼吸也要团结。像石榴
轻握水，红着脸。

空了，空了。我先后
动用了嘴、糯米，和库劳的鹅毛笔，
掀动一只子规，炸开全部嘤啭。
无须更多静思，把你的脚
交给一程一程山。

桦皮舟欠下月亮的房子，
水湄的不要，小岛外的也不要。
莫非要……借着你被渡出的铜像
羽化成睡去的云絮？你听啊：
飞翔，这危险的语言！

隐喻不能使你更加柔软。
隐喻者是谁？随她们的便。
人且用着时间，我且爱你，
爱你念念有词，
爱你面相庄严。

《草堂》2023 年第 6 卷

阶段性的

熊　曼

随时随地地敞开是一种美德
但也是不幸的开始

年轻时，我也拥有过
阶段性的甜美与天真
但终究浪费掉了

生活教会我们保留的艺术
真实有时并不意味着美

我阶段性地仰慕过你
在你完全袒露以前

《诗刊》2023 年第 13 期

沿小路返回

袁永苹

不想为你展现，今天，
我想跟你说说这些，
在这封匿名的信里。
而我也深知，写也不能改变
和建立秩序，我们从来
不能是我们之外的某物。
我们又一次走上心灵的高架桥，
那一天，川流不息的车辆像是老鼠
疾驰在另外一个世界里。
夜光灯放射刺眼的光线，
让我们禁不住闭上眼睛，用手遮挡。
我们今日确定这婚姻道路
可以走下去，而明日却不再相信，
你跳动的心脏，在那一瞬间
给我的信息是虚假的吗？
它们疾驰的节奏，是否宣告着
你对我的爱，一如当初那般

变化不定，而我对你的爱
在日子中发生着千变万化的更改。
如果，跳动仅是跳动而已——
那么，我们究竟是什么？海浪？潮汐？
变幻不定的分子式？
体内一刻不停地分泌着细胞，
把我们从一个人变为另一个人，
我们始终都无法准确地
抓住那根绳索，因为我们
是两束完全不同的光线
而显露的物体。我们不停地
回避着婚姻中曾发生的
事故、坠毁、核武器、假肢，
我们滔滔不绝地谈论时政，
谈论着莫须有的未来和一片
新鲜干燥的狗尾巴草叶儿。
而婚梦中的荆轲随时出没，
带着利刃刀斧等待斩下
我们婚姻中的秦王。
夜晚的白炽灯发着幽微的光。
许多年前，当我们走在松花江上
的索道桥时，它即将面临拆除，
我们能感觉到桥下的火车
震动铁轨企图将我们的肉体
以奇特的方式连接起来。
我对于生活的振奋时断时续，
似乎没有明天……
但我担心仍有一个
又好又大的明天！
我担心有一个又好又大的日出！
再见吧！沿途返回时，我知道，
那些野草边新积的水沟，
那里面永远都不会有鱼。

《十月》2023 年第 4 期

献　诗

廖志理

一整个夏天我都睡在百合花里
画眉鸟的歌声我听不见
花喜鹊的翅膀我看不见
我在百合花里睡了过去

她来了
我就醒了
我刚好送给她
这一大堆花瓣的银子

《芙蓉》2023 年第 4 期

爱与恨

严　彬

……爱与恨曾像风中和水中的植物
从哲学家恩培多克勒头顶长出来一般
却不属于任何人……
而是两种真实的物质……很稀薄……
比水、火、土、气，甚至
比我们的想象还要稀薄……
但它们分别存在，在太阳下有影子
在风中和水中发出沙沙的声响……
你们有没有听到或见过？

《十月》2023 年第 4 期

火柴盒

张敬成

那样大小的火柴盒我也曾有一只
磷面因多次摩擦变得毛糙，里面收纳着
优美的火，有灵魂的碎砾
黯灭藏在每根纤细的预感里
说话间，房子吞没我们
你便有了火的雏形
然后你失踪，有雨帮你遁去
失踪身上有不可辨别的苍白，有影子
影子有法术模糊一切
那么不说话了，雨后原始归于原始
我的火柴盒淋湿了擦不燃，重新认识火吧
重新认识鱼和鸟，我们小小的领地
我们波光粼粼的地板，我们花岗岩的银河

微信公众号“继圣阁”2023 年 5 月 20 日

他的三十二颗牙齿

梦　野

他的三十二颗牙齿
有一颗智齿已掉队
生活的玩具枪喘息着　没有人死
但多了一个遗址

正对面的那一颗　也中了弹
但屹立不倒
一个黑洞
也不忘行军

在光阴里越挖越深

三十一颗
每次都能布阵　眼神进入眼神
钙进入钙
空空的那一颗
从未离开我们

从未离开的　还有那个黑洞
每次会俘获
不同的调料　不同菜地的荣枯
和雨中的乡土

淋湿的还有数不清的话语
把牙缝挤宽
他的嘴合着　越来越紧
静等黄昏撬开
在夜的悬崖
摔碎

《作品》2023 年第 3 期

有声音传来的地方

左　右

每天
我所能“听见”的
唯一的
内容
是脚下的大地
在颤颤微动

它从地层的深处

传向地面
再传向我的脚下
让我真真切切
感受到了
声音的存在

那个地方
是我
穷尽一生
也无法抵达的
另一个世界

《青海湖》（上半月）2023 年第 8 期

坛　子

巫　昂

我有一个痛苦的坛子
不会拿出来给你看
它紧紧地合着盖子
里面就像是空空如也

假如我向你比画着
痛苦的模样
约莫这么长、这么宽、这么高
你听完想必将陷入沉默

我有一个痛苦是关于你的
但我不会告诉你
你也曾不小心坐在那上面
压扁了它
但你并未察觉

也许，你也正装作
若无其事

《广州文艺》2023 年第 8 期

留声机

梁智强

裂开的落地镜。你不必感到惊讶
它被弓箭击中，比箭靶凄楚

我做着那个出窍的梦，在小木屋
与戴着珊瑚头饰的牧民，测量
年历的体重。器物演奏
不被认同的天外之音

一觉醒来，我睡在浓缩的黑胶碟里
此前，强势的留声机长出耳朵
把鼾声外放到荒山野岭

风沙乐队摇摆着，一遍又一遍
全速翻越沼泽上方
而我的函数进入白垩纪

《北京文学》（精彩阅读）2023 年第 8 期

登山见闻

蒋静米

我们正在驱车经过一条融化的路。
它和记忆那么相似，同样离奇，
有着无法自圆其说的弧度。

我们去坟墓上采摘覆盆子，
讲述梦的体验，你有过
想象中的朋友吗？十岁那年我见过透明的仙女，
她忧伤、垂老，像我的妈妈不曾生下的孩子。
有时，我们沿固定的道路成长，
而井水如银的反光总是摇晃我们的眼睛。
像在山中迷路的求仙者，
手里握着虚无的斧子，想要抽刀断水。
总是这样，花园的窄小路径在变化。
你握着纤细的手腕，相信蝴蝶、道德，
和善恶有报的故事。世界看起来
是一本有蜡笔图画的绘本，你阅读，
总是首先翻到最后一页。
结局中有所有美好的事：
漂亮如城堡的家、完整的自我、兔子和小狗……
逻辑在缩小，你无法从顶峰开始
攀爬一座山。我们都必须掌握驾驶的技能，
直到不再为一个未知的坡度而惊恐。

《草堂》2023 年第 7 卷

独　坐

亚　楠

夜正深。他已经对另一个
自己端详了许久

“月光从一个人心里流出来终将
抹去你的孤独。”

可你却并不知道今夜，月光只
装饰了别人的梦

我当然理解你
沉默自然就有沉默的理由
也不必在意什么了

当他们都离开你时
月色溶溶
那个花下与你对酌的人正好也
回到自己的梦中

《万松浦》2023 年第 4 期

前面已经没有什么了（III）

蒋　在

你小心翼翼地浇灌鲜花
将花盆抬起
检查底部渗水的情况
你一点点剪掉枯萎的枝丫
还有水培植物生苔的根部
你严格记录浇水的次数
如同这一生
你记录过的许许多多另外的次数

过去的这些已被你所不齿
你刻意去忘记
你究竟多少次踏入过陆地的阴湿处
那些将脚放入的瞬间
此种冰凉如何令你动心

又或者
你如何刻意接近浮华和虚伪的表象
又以何种姿态为它们
俯身以及侧目

这些你没有办法交代的事情
你闭口不提

《草堂》2023年第5卷

听　蝉

贾　想

我站在林中。长久地
久到黄昏失去了美丽的耐心
只为听一只蝉。

听一只蝉，是为了帮助它
从夏天的背景中独立出来。
就像立秋后，我喜食西瓜
因为西瓜能将秋天的味道
独立出来。

听不见的时候
世界整体流逝。
我们从早晨的事务中
抬起头来，黄昏的蝉鸣已至。
缺席迅速而连续：一帧
接着一帧。

必须停下，去听：
让风显现为音响
山坡显现为翠绿的风景。
必须从无穷中取回那只
有限的蝉。

蝉声流逝。

万籁俱寂的夜晚
谁会听我？长久地、专心地。
谁能将我
从世界的背景中取出来？

《北京文学》2023 年第 9 期

重要的事越来越少

华　姿

越来越觉得，我在
海鸦苑独自度过的四季
是一份额外的恩宠
不为衣食劳碌，也衣食无忧
似乎孤单，其实是自在的
或许缺乏，却是常常自足的
寂静像一柄巨伞，罩在我的头顶
每天我晚睡晚起，每天我做饭吃饭
用五谷杂粮喂饱外面的我
用汉字和汉语喂饱里面的我
风雨飘摇的午后，我
一边眺望南望山、珞珈山
一边在桌椅和字词之间走来走去
一个句子，就足以
熬过一个不疼不痒的下午
重要的事越来越少，少到
只剩下必不可少的那一件
哦，我愿从此隐居在你的创造里
不被世界知晓，像从未来过一样

《长江文艺》2023 年第 3 期

易碎物

何永飞

越坚硬的越易碎，比如顽石
比如陶瓷、玻璃、钢铁、骨骼、毒咒
我们可能还没发现，阳光也是易碎物
捏一下，就会有无数道裂痕
再捏一下，就会变成碎片，变成粉末
还有星辰、山河、权利、容颜、往事
这些同样是易碎物，在暗角，在身后
都有它们留下的碎片，面目全非
可悲的是罪魁祸首，也成为碎片
多少真相葬于四面漏风的言辞
多少遗恨找不到出口和落脚点
所有的狂妄、鲁莽、蔑视、傲慢
都让生命的前景过早破碎
还有别忘了，墓碑和丰碑都是易碎物
而最易碎的应该还是真情和人心
我们不可走神，要随时记得轻拿轻放

《滇池》2023 年第 5 期

夏　夜

胡文彬

童年，天热的时候
我总是躺在村前山坡的青石板上
枕着母亲的腿
读写布满星星的天空
那时候，月亮这盏灯
一点也不刺眼

我经常读着读着，就睡着了
山风这把大蒲扇，扇着扇着
就把我扇进了梦里

很神奇，每次醒来
我都睡在土炕的苇子席上

但这次醒来，魔法消失了
山坡不见了，母亲不见了
天空，只留下了北斗七星
这个巨大的问号
——再也没有人
把我从中年，抱回童年

《星星·诗歌原创》2023 年 4 月

眷　爱

张作梗

我爱世上所有的词
小时候爱，现在依然爱如呼吸
我爱那些消失的、灭绝的词
——以怀念和垂悼的方式
更爱那些新生的词——它们像刚做的
叶笛，擦亮了我的嘴唇
啊词的颜色、词的气味和口感
我爱鸣叫的词，也爱缄默之词、呜咽之词
对应于心的琴键
它们弹出了我
不同时刻的心境——
大如宇宙之词，小若尘埃之词
战争的词，和平的词
绚烂若夏花的词，静美如秋叶的词

劳作之词，漂流之词，火焰之词，爱之词
冰冷之词，流泪之词，耳鬓厮磨的词
三叶草的词，五更天的词，八角梅的词
飞翔如鹰隼的词
正是它们，构成了外物和我对
这世界的认知，我才不致目盲若
瞢人，耳聋如聩者
我攫住词像攫住呼吸
我留置词像留置生存的凭证
我举一生之力爱着这些飞舞在旷野上的
词，它们像萤火虫
激活了低垂在我生命
之上的黑夜。

《星星·诗歌原创》2023 年第 1 期

宽 阔

祝立根

跟随亲人们登山的日子
群山向我敞开过最初的秘密
潭边的母亲，给我指过
山葡萄和野杨梅，她少女时的
精灵，依然在那儿闪烁
山坡上的父亲，也曾指给我
乌云军团的去向，躲避雨丝的追击
他的经验，一直有效
直到遥远的未来，祖父说出的
野草的毒性和疗效……我遗忘了很多
也记住了很多。后来我一个人登山
误入过荆棘丛生的疆域，也窥见了
悬崖之巅报春花的圣地……
这是属于我的小小的路线图

有一些与亲人们重合
一些又独自走向了云影幻变的岔路
我也会指给我身后的孩子看
希望他能记住，以备他去忘记

《诗刊》2023 年第 1 期

活　字

孟醒石

月光下，大地铺了一层白纸
失眠的人在白纸上艰难前行
唯有他，没有把冬夜的寒冷，归咎于月亮
唯有他，没有把史书的遗忘，归咎于汉字
唯有他，没有把切齿的恨，归咎于爱

而月亮咬紧牙关跟着他
从他打开第一页，到放下书走出门
不敢有丝毫懈怠
生怕一眨眼，雕版印刷术中
故意遗漏的几个字
变成活字
跟他跑出去，并肩站在旷野中

《星星·诗歌原创》2023 年第 1 期

在江边造木舟

笨　水

我在江边
用一根朽木
造一条木舟

江水湍急
我不紧不慢
飞溅的木屑像落花
被江水带走
江水涨上来
我也不慌不忙
我浸在江水中
为木舟抛光
雕刻精美的花纹
我忘记了时光的流逝
也不知有多少江水
从身边奔涌而去
我没想过用它
随波逐流
或溯流而上
我一直在那用心制作
已经美轮美奂了
而等我稍加端详
又发现
全是美的缺陷

《诗刊》2023 年第 2 期

今天要不要上学

康　雪

一个未满四岁的小孩
能有什么样的忧虑?
每天早上她刚从睡梦中抽出自己
就这样弱小地看着我
怀着一丁点希望
更怀着整个人类的忧虑。

在去幼儿园的第一天
她哭着找妈妈
第三天，只是流着泪和我道别

一个未满四岁的孩子
能有什么样的隐忍？

《北京文学》2022 年第 12 期

将进酒

刘笑伟

把火焰藏入血液
把冰块撒向沸水
通红的脸，行走在密集的心跳上

冰灯里的火焰
像两个相爱的人
在酒杯中端坐着

享受着静谧的时光
那是通体闪亮的蜜蜂
蜇出的人生的蜜

《中国作家·文学版》2023 年第 8 期

火焰观察

李昀璐

点燃后，就能拥有
最唾手可得的温暖了

斗室内，火焰跳舞
张开翅膀，催醒老旧的水壶

环抱水，以坚定的煮海意图
完成共沸的使命

空负火命，多年来
我习惯在暗处以钦慕之心
爱所有发光的事物

那些不问结果的勇，本身
就是炽热的一部分
也是我人生中
尚在缺失的拼图

穿越寒冷，击退暗黑。很多时候
它秉持着刀的锋利与进退
锻造铁的骨骼

我们知道，唯有火光
拥有不被覆盖的权利

中国诗歌网·每日好诗栏目，2023 年 8 月 29 日

像简单的幸福都有阴影

周所同

草木以雨露活命。一粒米
对于一只蚂蚁即是全部
不要更多只要更少。除了珍惜
和热爱，世间大事都是小事
无所能及与无所不及从来相悖
一无所求比一无所有更加智慧

欲望忽如飞瀑止步悬崖
避开深渊等于避开喧哗的落差
比如我喜欢在灯下读书写作
像简单的幸福都有阴影

《诗刊》2023 年第 15 期

在燕山与友人对床夜话

杨不寒

车轮向南碾至燕山跟前。暮色里
群峰横眉，仿佛命运突然起了皱褶
是什么让我们驱驰到了此地
奔波到了今天？在这城市的边缘
李白的如席大雪都已融尽，草木
稀松而风尘满面。夜晚的秩序
从群山内部升起，沿着一架松木梯子
先生，此刻还关心新闻有何用
谈诗文有何用？我们铺在设想中的前程
又有何用？当星宿浮现之时，地球开始
飞速转动，时间像一些银白色粉末
飘进梦的漩涡。难道所有的努力
只够完成一个笑话，或者在回味时
你也觉出了寒意？当金属色的早晨
轻轻掀动窗帘，我们也推开酒店房门
一位白裙少女正站在走廊尽头与人通话
你看这白蝶的幻象，又带着意义卷土重来

《当代·诗歌》（试刊号）第一期

母亲的名字如星辰闪亮

王　山

我的母亲崔瑞芳
把我抱在了她名字的中央
对于所有的儿女
母亲的名字永远是
最后的依靠
没有计算的爱
不可替代的温暖慈祥

多年以后
家里的户口本上
没有了母亲的名字
夏日的夜晚
天下的母亲
那些随风而去的名字
如
星辰闪亮

《星星·诗歌原创》2023 年第 10 期

循　环

树　才

歌自己唱着，循环……唱完
一遍，停几秒，又接着唱……
一个人躺在床上，他满脸是泪
泪水也循环，自顾自流着……

多么伤人的歌！不知谁写的

唱着衰老：仿佛时间叹息
仿佛喉咙已打磨过万千情感
循环。时间循环。每个字

都被这嗓音灼伤。那个人
想念着另一个人。没有什么
是歌声不能抵达的！星星们
就这样传递着彼此的眼神

《诗刊》2023 年第 5 期

我的悲伤是甜的

胡正刚

我第一次感知到甜是在
瘦弱的童年。年迈的外婆
走了七公里山路，给我带来
几颗水果糖。糖果存了很久
表面已经融化，剥开糖纸
耐心抠去纸屑，一种饱满
浓烈、深刻的甜，在口腔里
像花骨朵一样绽开。那几颗糖
是我童年时代最珍贵的礼物
也是我对外婆唯一的记忆
它们的甜，至今还未散尽
每次想起外婆
我空茫的悲伤里
就会袭来一阵阵甜意

《诗刊》2023 年第 13 期

杀神经

吕　约

牙痛失眠三夜，我拍打右脸
跟牙根深处尖叫的神经谈判：
来，如果你向最后一片去痛片投降
就可以和迟钝的肚子、大腿一起
陪我活到世界末日
——它拒绝了，继续煽动其他神经
从麻木中苏醒，膨胀
仿佛它是苏格拉底或鲁迅

闭嘴，神经！不许你学苏格拉底
为自己作临刑辩护
更不许学佛陀伸出手指，说豪宅已着火
不，我不恨导致疼痛的病变
恨它就等于承认自己的无能
还是恨你更轻松

牙医启动断头台，抽干牙髓，拔除神经
再把缓刑三年的病根深藏起来
现在，支撑它和我的
是最结实的空虚

选自作者博客2023年1月30日

庭前月夜

叶丽隽

一生何其短……踉踉跄跄，我有
我的南墙。院落里，我种木槿，也种木樨花

平凡朴实的，我都爱

也爱飞船、天外来客
明月啊，你可知，我躯体的无限深谷
一直等待着那浩瀚的宇宙之物

《当代·诗歌》（试刊号）第一期

寻常事

刘 春

有时候，会对一些小事情
心怀抱怨，从隐约的不愉快
到低声唠叨，再层层加码，最终
不可抑止地燃烧起来

有时候，对荣耀惶恐不安
站在台上，忍不住四下窥探
仿佛曾经做过小偷，徒然地等待
被揭穿的那一天

有时候心如止水，觉得自己
与世界两不相欠。但这样的时候
不多，往往是来不及微笑
就像做错了事一样，低下头来

《当代·诗歌》（试刊号）第一期

体 内

南 人

外面太吵

我用两根手指插进耳朵
马上听到了
体内的声响

先是呼呼的风
哦，我的体内关押着风

然后是机器轰鸣
哦，我的体内关押着一座工厂

接着是远处海浪拍打渔船、礁石的声响
哦，我的体内关押着海、渔船、礁石

再听到烈火燃烧引发的一串爆裂之声
哦，谁他大爷的在我体内放了一把火

我赶紧松开手指
哦，还是外面安静

《当代·诗歌》（试刊号）第一期

如梦令

焦　典

盘山路朝天，人没有一个
我载爷爷去跑山，骑漂亮的
黑色摩托
我已经是大人，油门捏很紧
争渡，争渡

再浓的雾和鸟鸣，也不松手
时间落我们好远
爷爷说他和我一样年轻

到了桥的那边，吃米线叫“甩”
小锅米线大锅煮，鸡丝米线加三层“帽”
我甩一碗，爷爷甩三碗
哪个都讲厉害。甩得风也长长
赶着云一路，到山顶吃草

爷爷讲他没出过国
我们就去长水坐飞机。看昼与夜相连
看月亮像家里面烤苞谷
溅起的一颗火星子

当然这些都是梦里的事了
事实上爷爷从不允许我骑摩托
吃面经常只放盐
但爷爷离世时船划得很快
争渡，争渡
并不等我和河流追上

《星星·诗歌原创》2023 年第 5 期

拎着一支步枪穿过汉语

姜念光

如果感到语言的后坐力，顶撞肩膀
你就会目睹这令人惊奇的一幕——

一个人拎着一支步枪，走在
灌木茂盛的山坡上
刺刀的神经，眯缝的虎眼
在充足的光线中那么厉害地瞅着
无须解释，为什么一支步枪
具有天鹅的优美，又是天鹅的反对

为什么挑衅着手又呼应着手
并主动交出命运的咽喉？如果你认为
一首诗也会像一支步枪。你是对的
一样的结构完整，制造精确
一样保持着暴力的阴影与光芒
它们都有自己敏锐的扳机
平庸、倦怠和荒疏将因此被克服
满怀警觉之时，言辞上了膛
这时代是否应当有这样的一首诗
像一支步枪，或者
就是一支步枪
美，刚健，全神贯注，准备着

如果感到清晰的后坐力，顶撞肩膀
那是正有人拎着一支步枪穿过汉语

《十月》2023 年第 5 期

结　局

李　米

在语言成为钉子之前
我们也有过安静的夜晚

月光投在湖面上，远处栎树林
只是一个模糊的轮廓。更多的阴影
落在湖水上，无数细小的碎片

月光仿佛可以穿透一切
却无法穿透我们
我们退回到自己。在安静里隐身
构成某种更巨大的黑

没有风作为出口，一些声音
不断压低分歧。我们一直在等
等时间确认，然后将我们抛到结局之外

《青岛文学》2023 年第 8 期

出神记

丁小龙

这是从黄河岸边捡来的石头，
没有名字，灰褐色的模样仿佛是没有飞出巢的鸟。
石头躺在笔记本旁，没有悲与欢的表演。

思考时，会握着石头出游，甚至是出神。
甚至会从石头中听到河流的声音——
那里是他的诞生地，也是他的修罗场。

在他的视野里，人类不过是会移动的石头，
是他的远方亲属，而他们的命运注定如此——
成为尘土，成为无言的形体。

《星星·诗歌原创》2023 年第 2 期

蜜和巢

余　怒

一系列动画镜头，产生一种有延迟感的持续性：一个
儿童横穿马路跑过来、一群游客随着观光电梯升上去、
一艘快艇划开水面飞驰……我在别人的眼中，也只是
一个视觉图像。身高、肩宽、五官间的距离，不匀称
的比例。“告诉你吧，我还有一个灵魂。”这更可笑。

闷热的夏日午后，鸟儿们躺着飞，一副病恹恹的样子。在阳台上，我停止拍照，只坐着看。让思维慢下来，跟它们保持一致。对于鸟儿来说，我没有意义。“你给我物理意义上的爱，也没有意义。”自我是一种蜜，要专门为它建一个巢，在叶色渐变金黄的银杏树上，在工蜂出入繁忙、刚被修补的那个蜂巢旁边。

《星星·诗歌原创》2023 年第 1 期

有限身

——给女儿

丁东亚

清晨出发，暮晚即可到达
孩子，豫东平原此刻遍地金黄
蝴蝶的欢喜来自野花
布谷的叫声在天空盛放
我们只需在树荫下坐着，看风吹麦浪
把心暂交给开阔

从前的打麦场已盖上楼房，热闹
是旧时光的马，在梦中奔叫
沿着沟壑啃食青草的羊群，像长大的牧童
去向不明。五月的看麦娘
已低下它高傲的头颅
孩子，无数次我想要带你去见证那片生养我的土地
教你认知毛茛、桑麻、糟鱼、田鼠……
身怀悲悯，为你讲述祖辈的风雪与疾苦
而往事在夜下若刺藤愈发繁茂，默数星辰之人
恍惚有了睡意

爱是亿万星光的一部分。孩子
出发前我必须再一次、再一次向你道出

那廉价的人生忠告：要习惯在得到前失去
世界的门关了一扇，还有一扇
等待着你前去推开

《诗歌月刊》2022 年第 12 期

泪

庞 培

我曾经在吉他上弹奏人类的泪滴
那泪滴从尼龙或古典琴必备的羊肠细弦
夺眶而出
并不出自任何人的眼瞳、眼眶或面庞
而琴师的哽咽
拨弄着它
包裹着它内心深处的黑暗
从此我明白，人的哭泣
有可能是格外孤寂的音乐
音乐家泰雷加的生平
被含在一滴泪里
在我怀里，我并不知道这行泪
为谁而落
只感觉吉他的琴身修长腼腆，面板
柔嫩饱满
如同我从未去过的森林高山
从未游历过的卡斯蒂利亚平原
我曾经是一滴金属的泪
我曾经在吉他上弹奏人类的梦想
我怀里抱着一张鲜花盛开的面孔

《诗刊》2023 年第 1 期

知　道

娜　夜

很多时候
人并不知道自己在想什么
一首诗知道

渴望变成种子的麦粒知道
贴在西墙上的额头知道

这把 1943 年的小提琴知道
你注视它
就是拉响了它

它是你年轻时身体的曲线
风烛残年时的颤抖　咳嗽

时间是这样一把琴弓
——只有树和鸟是本来的样子

《星星·诗歌原创》2022 年第 11 期

诗，就在那里

蓝　蓝

诗，就在那里。
锅和碗、牙刷以及杯子。

我的台灯在后半夜才熄灭。
我的双腿还在某座雪山上攀爬。

孩子们对着手机说话。
她们出落得像杨树那般美丽。

诗，就在那里。
被某一枚远处的炸弹击中，却保持完整。

我的爱里有一张衰老男人好看的脸。
我的薄羽绒服旧了，袖口磨损。

邻居告诉我，他刚给老母亲买了纸尿裤。
窗前的牵牛花一直开到十月底。

一页白纸坚持对你烦恼菜单的敌视——
诗，就在那里。

《万松浦》2023 年第 2 期

渗 透

戴潍娜

你闪进破碎的树影
你将自己编织进鸟鸣
命中寂灭的火把，抛向彤云穹顶
你像一只狗，嗅得出所有即将消逝的亲密

这本不是一场生死对决，尽管
死亡列队整齐。请相信我，
所有的水滴终会融为一体
大海蒸发以前——
巴巴里狮、斑驴和帕拉夜鹰都向着你航行

——万物流向彼此
我们活着，无处不在

生命引力，携带旷古的回忆
当你开口问：又为何分离？

我试着回答你，收集你
不让有你渗透的大自然散佚
若我不小心说出了我想你
皑皑宇宙的坚壁深处必定有一个回音

你已嵌入世界的光景，你一次次被唤醒
我们驻足同一个故事里。

《万松浦》2023 年第 2 期

去梦乡

大　解

亲人啊，你是知道的，
有一个地方叫梦乡，
我曾无数次去过那里，
今后还要去。
在那里，
我可以见到你。
而在茫茫人世上，
我再也无法拉住你的手，
我再也看不到你慈祥的目光。

微信公众号“大解的自留地”2023 年 6 月 23 日

比例尺

毛　子

在“永恒”这个词面前

我想告诉你：我们的行星和恒星
还有 50 亿年的寿限。

我其实更想告诉你，鸡蛋的三种炒法
以及怎样通俗地从生活中
理解爱因斯坦的那个宇宙方程式
——你是一个人的光，而那个人
也是你最大的质量。这也许是生命中
刻不容缓的守恒。

但 50 亿年后，这一切都不在了
所以在“永恒”这个词面前
我想告诉你，短暂有它的天文单位
悲伤也有另一种比例尺。

《诗刊》2022 年 11 月号上半月刊

第三辑

黄草坪

李元胜

围绕着一只熟睡的蝴蝶
空气的密度增加了

太多的飞行，必定
在身边创造出太多的悬崖

洒落的月光
探测着一个生命正经历的落差

关掉手电的我，迅速
成为它身边的悬崖之一

随手放下的道路
重叠进交错的草叶

有那么一会儿，我融入了
某种奇特的寂静

仿佛身体，也只是身外之物
仿佛万物破壁，成了某个整体

有那么一会儿，高悬之月
短暂地成为我们共同的心脏

《诗刊》2023 年第 1 期

奇　迹

李少君

清晨，海南岛的一个庭院
一只松鼠
突然从堆积的落叶里一跃而出
侧头看了一眼草地上惊愕的我
直接一蹦，跳上挺立的棕榈树

白光一闪
从我昏沉的脑海里跃出的
是一只兔子
从苏醒的自然大化中跃出的
也是一只兔子

晨曦中，硕大的波罗蜜
芒果、木瓜、椰子树和黄花梨
整个庭院见证这灵光一现的刹那

2023 年 1 月 22 日兔年第一天晨写于海南岛

微信公众号“北京诗局”2023 年 1 月 22 日

月　亮

胡　弦

如果它挂在树杈上，
那不是真的。那是它正从那里离去。

如果它行经天宇，那不是真的。那是
有一封寄给你的信正投递在途中。如果它

出现在水桶中，整个天空
也会试图挤进那水桶因为

这是微小的心接受世界的方式：一个
终生缠住你不放的问题，
像一门学问循环不已。

当它被写进故事，开端像巫术；
当它被画在墙上，结局像个住所。
它是这样的光：凉凉的，一种被黑暗仔细
考量过的光。当它再次出发并遇见

如此多的梦，它认出它们正是
从它心中出走的梦——它小心地
不再踏入其中任何一个。

《诗刊》2023 年第 1 期

秋　天

阿　信

秋天是一匹母马，我牵着它。
它的眼神清朗、温暖。
它的脚步，不疾不徐。
它的肚腹浑圆、微微下垂，那里
正孕育着一个新生命。
我们从冰草偃伏的湿地起步，沿着缓坡
慢慢向阳光照亮的山脊行进。
秋霜满坡，草木凋零，只有一簇簇
蓝色的玉簪龙胆噙露绽放。
我摘了一朵
佩在它温热的额际上。

母马侧过头，用它的面颊，轻轻
蹭了蹭我的。

《诗刊》2023 年第 1 期

那些在海上消失的

汤养宗

那些在海上消失的，后来都成了
大海的一部分，成为思念或大理石
或是白云的身影，聚散的要素
连同那永不再回来的，罹难前的深情一瞥
过后都要融入大海的呼吸，砌进一座
蓝色的金字塔，成就沧海横流中
弥漫的叙述，时间在此早已设下因果
海上又有新的风暴，说光阴的魅力
就是让我们既爱大海的裂开
同时还爱着它所倡导的一连串光辉的弥合

《十月》2023 年第 1 期

锔　碗

沉　河

您都已经三次了，这次怕难得
锔了。师傅拿着那只破碗左右察看
好在松菊犹存，梅花也在
破损得恰到好处，裂线从空白中
直直地穿过。感觉正好可以
锔一根竹子。难度太大。钻孔
得靠紧裂口，还密密麻麻
师傅再问：有必要吗？这也就

一只平常人家常见的碗而已
有必要一锔再锔？他漠然地
回答：习惯了用它吃饭，舍不得扔掉
您就再帮帮忙，多少钱都行
师傅重拾起收藏已久的工具
戴上锈边的老花镜开始忙活
金刚钻刺耳的声音惊起了院子外
一棵老树上的斑鸠。它咕的一声
飞起。他看着鸟飞走的方向
想象着那条无形的线路，很自由
你去外边转转再来吧，一时半会
完不了。师傅说。他没有应声
也一动不动。他把自己又想象成
那只摔了四次、锔了四次的破碗
他忍受着一阵阵钻心的痛
这次应该是最后一次了。碗也
无处可锔了。他并没有用这只碗
盛饭，他只是用它喝水。就像
小时候用它从水缸里舀从河里
挑上来澄在缸里的水喝一样
真的是一个坏习惯：笨重、粗大的
碗并不适合盛水喝。第一次摔破
就是不习惯端大半碗开水。第二次
是听到广播里传来一个噩耗
第三次是住上了内有楼梯的房子
这一次是他自己扔掉摔的
好了，还很好看的，不收你钱了
我也不需要钱了。师傅递过来
锔好的碗。竹竿金色，竹叶银色
竹节黑色。他狠狠地盯着
好像要把它们印在眼瞳里
送给您了。他把碗递到师傅手里
转身出门，很快把自己消失

在暮色中。天越来越冷了。

微信公众号“守界园”2023年2月6日

春山记

姚　辉

春山如故。风甚至有了
向大雾退却的迹象
而昨夜的风正好卡在
旌幡的褶皱处

祖父在山脚
拾捡深黑色鸟声

我从没有见到过祖父
他只是一块被风拍打的
碑石　他留了一些
翠绿的痛
在春天往返的路上

有人与雪线右侧的鹰
交换某种追忆

灯曾忽略山脊的
哪种凝望？三月的灯
曳动　像花蕾中
吱吱作响的多重启示

请允许我采集
群山试图遮掩的沉默

山构筑的春色

微微颤动　一块石头
将太阳掖进族谱中

《十月》2022 年第 6 期

朝　露

郑小琼

朝露沿松树洒落在苦艾叶上
群山安稳地从两边耸起
山口：起飞的树，凝固的寂静
两颗孤独的晨星陨落在寥廓中
我们坐在松树下，没有出声
三五颗松针落在我们的头顶
几声鸟鸣被雾气淹没、融化
空气像浮冰，纯粹而干净
宁静从松枝悬挂下来
远处的河流在早晨的灰色间
它泛白的水面闪着雾与光
一枚松果落在我们怀中，你说
它在测试我们内心的孤寂
此刻，我们坐着，谈论沉重的肉体
禅、露珠样短暂的浮世，不远处
栎树林将它们的身体涌向山顶
几棵野花把身体俯向大地

《诗刊》2022 年 11 月号上半月刊

大　雪

傅元峰

正午，绕过市集

人世，突然安静下来
接下来看到的山林
荡漾着深海才有的波纹

再往前走
熟悉的事物命悬一线
彼岸作为谜底开始喧哗

所有的伺服
不再带有族类和血缘的目的

回头看看
一场大雪被悄悄擦除了
那场纷纷扬扬曾经被全世界证明的雪

不仅已经融化
也已经可以没有下过

《青春》2022年12月刊

小　路

晴朗李寒

树木落光了叶子，
小草也都枯黄，
此时，这条小路才显现出来。
光溜溜地
从一个村庄通向远处的
另一个村庄，
像串联起寂寥大海上的
两座孤岛。
我想，肯定有一个懒人，
要抄近道，

第一个从这里穿过，
然后是第二个，第三个……
也可能就他一个人
从这里，到那里，来来回回，
踩死了一些杂草，
踏实了松软的泥土，
在草木丛中，
用双脚雕刻出这条小路。
于是，本来不相干的两个事物
突然间有了联系。

有了路，
一些故事就可以延续，
这足够美好。

《山花》2022 年第 12 期

雨 中

杜 涯

安抚了众物之心，这六月的一场
连日烟雨，推开了无形的向外之门
水杉和千千踏草，相携去往远路
树丛在远处错列，预示着目极处的发生

细雨纷落时，轻愁普遍地升起
鸟禽带巢，畜类凭栏，都是远望
它们心中升起一个声音：啊，远方
细雨中涌动：万物胸中的惆怅、叹息、轻伤

河流，在雨中生出忧感色，波及
两岸堤树的浓绿沉郁，若有人
在细雨中经过河流，他会听到

河流的忧伤低语：请把我带走

给人稳固感的是大地，即使一场雨
落下，即使万树在雨中兀自轻荡复低垂
也不能改变它沉稳心志，它犹在
深沉、和润中承载了烟雨数千万里

无声的雨，落在没有边界的世界上
在细雨中，在微光清闪的世界上
哪里有我们想要的山河、烟火？
哪里有我们想要去到的地方？

而仍然有那杳远可信的天际
在雨歇时的浓荫里向我们解释永恒
此间有谁深信：雨中没有少年万里愁
只有远方如深途，接向无穷和无际

《诗刊》2023 年第 1 期

多裂棕竹

林宗龙

那个声音指引着我，
我在清晨来到一簇多裂棕竹面前，
它像伞一样撑开的叶片，
从一个中心向外分杈：对称而寂静，
仿佛在收拢所有的声音：
除了那个指引我的也在指引万物的。
——我回到房间，
在镜子前审视着那易朽的肉身，
它长出多裂棕竹的茎叶和树冠，
然后出现褶皱和裂痕，
中途也闪亮过美丽的细纹，

蔓延在枝蔓和根须的各个角落，
有枚闹钟，在内部永远嘀嗒着
审判着每个遭遇过极昼的面孔。
仿佛那个声音，也在变得模糊——
它在重构那些陈旧之物，
那个在镜子面前长满皱纹的我，
现在是一株多裂棕竹，怀着忏悔之心，
它注视着我，
像那个声音，
来到混沌和轻雪中间。

《诗歌月刊》2023 年第 1 期

蜻　蜓

车前子

没人喜欢太现实。一堆灰
草色，我们推着自行车，
像有不少悲壮事等待完成。
苍凉窗口，塞进大轮船：

甲板上狮子猴子友好地在自己梦里，
不会饥饿，携带的虱子，
足够占领海港，那时，
路灯全部亮起，没人捕捉蝴蝶。

而蜻蜓翅膀用透明度量天际线，
月亮体温比鲨鱼高出一筹。
保持神秘，就有工作。

《扬子江诗刊》2023 年第 1 期

雪　后

沈　苇

一切都静寂了
原野闪闪发光，仿佛是对流逝的原谅

一匹白马陷在积雪中
它有梦的造型和水晶的透明

时光的一次停顿。多么洁白的大地的裹尸布！
只有鸟儿铅弹一样嗖嗖地飞

死也是安宁的，只有歌声贴着大地
在低声赞美一位死去的好农夫

原野闪闪发光。在眩晕和战栗中
一株白桦树正用人的目光向我凝望

在它开口之前，在它交出体内的余温之前
泪水突然溢满了我的双眼

《扬子江诗刊》2023 年第 1 期

春　夜

林　莉

水草间淤泥的气味
荒草茎秆沙沙的耳鬓厮磨声
远处，土丘上坟墓如一枚被时间
用旧掉的金戒指

在黑暗中闪着孤光
幸福，属于这些在尘世无牵无挂的人

我默默地盯住它们
不为所动，不求安慰
在这广阔的人世间
我们有类似的沉默以及阴影
唯有内心的悲欣交集各不相同

《扬子江诗刊》2023 年第 1 期

尖 叫

冯 娜

这个夏天，我又认识了一些植物
有些名字清凉胜雪
有些揉在手指上，血一样腥
需要费力砸开果壳的
其实心比我还软

植物在雨中也是安静的
我们，早已经失去了无言的自信
而这世上，几乎所有叶子都含着苦味
我又如何分辨哪一种更轻微

在路上，我又遇到了更多的植物
烈日下开花
这使我犹豫着
要不要替它们尖叫

《扬子江诗刊》2023 年第 1 期

径山道中

飞　廉

江南最慷慨的季节到了，
流水日夜冶炼白银，
草木到处抛撒黄金，
几天后，径山将迎来一场雪。

在这座始肇于唐天宝年间的
古刹几番毁建之后，
一个辛丑年的初冬，
我们终于也赶来进香了，
沿着乞儿、皇帝等无数人走过的
这条乱石砌成的古道，
道旁，是常青的竹林
和开花的茶田。

我们欣然领受清风，
并向径山供奉一首萧瑟的短诗。

《星星·诗歌原创》2023 年第 2 期

田头诗会

汪剑钊

天空多么蓝，多么辽阔，
旷野给目光带来快意的平视，
狭窄的田埂却提醒着绿黄相间的秋意，
扁担、独轮车、竹篓与打谷机还原着旧风景。

语言给了人类感恩的机会，

象形和拟声足以勘破虚无的存在，
在稻子收割后坚硬的根茬上，
还残留着写作的秘密。

走上舞台朗诵的不一定是诗人，
谷子也是可以开口的，
声音开始跳舞，
在潜语义的尽头宣示意义。

鱼塘和稻田之间的地垄，
伫立着五棵体态臃肿的橘子树，
它们竖起了金色的圆耳朵，
仿佛在倾听人与自然的第三种交谈。

《诗刊》2023 年第 1 期

有如初见

林　雪

九月点燃了我肩上的枫树
而我把长沙的雨纷披到资兴……
有谁曾携着那青山远去？
又有谁曾挟着那细雨归来？
一个南方之国在光辉里渐次打开
他不羁的甜美，他怒放的隐喻
山河之上的云朵放飞一匹匹意象的马
它们只要一个天赐的韵律
就会让自己安顿。唉！陌生人！
我来得太晚，已无法掩饰惊喜
那马儿的鼓点与我的心跳合辙
从峡谷那棋盘的田畴中
从更隐秘的洞口进入神话
在资兴的细雨里，我站成一个句子

拨开雨帘，象形的，象征的
有如初见，有如稼穑，有如耕耘
但那些句号将落在哪儿？我只知
我渺小虚空，因而可以容纳更多

《上海诗人》2023 年第 1 期

梁子湖的春天

刘 年

钓上来，又放了回去，看起来毫无意义
鱼，受过伤，逃过劫
将更加珍惜水和生命
因为指尖的腥味
钓者想起了一个滑腻的故人

视频就可以见到，老远地跑过来
聚了又散，似乎也没有什么意义
但是，有些细小的皱纹和隐秘的裂痕
只有面对面，才看得见

经过多年散的聚，和经过多年聚的散一样
让春水，有了刀光
让春花，有了刀锋

微信公众号“行吟者刘年”2023 年 3 月 20 日

“永恒的自然循环”温柔地体现在……

夏 午

即便是冬天，每天仍有新的生命诞生。
这是常识。

虽然从来没有能够走进湖心，却在绕着湖水
散步的过程中，感受到阳光摩挲后背的温热。
如果你愿意在一株枸骨面前停下来，抚摸它
红色的果实，呼吸它若有若无的气息，
它会告诉你更多更有价值的事情。
这不是秘密。
“永恒的自然循环”温柔地体现在
我们经过的每一样事物里，也在我们
自身的每一寸肌肤上，铺展开来。
皱纹是岁月的注脚。
唯有深奥且丰富的著述才有细密的注脚。
我们可以慢慢读这本书。
不一定要读完。
事实上，没有哪本人间的书必须要读完。
这才是功课最重要的一部分。

《诗歌月刊》2023 年第 3 期

秋 千

路 也

天地明亮，秋千由名词
变成动词

在大幅度的摇荡里
小草正拱出土层

摇荡得高一些，再高一些
地球有永恒之悲伤
空气激越，身体与天地平行

越来越高，朝向云霄
山峦在背后起伏

岩石血脉疏通，柏树的绿色变得浅亮

秋千向后摇去，向前荡来
御风而行，意志高过天意
地上淌过大水
天上刮起大风

天地之间如此明亮
万物昏眩，在春天的大门口

《草堂》2023 年第 3 卷

澜沧江

于　坚

天空有时发灰　丛林即将下雨　织布者的
河流穿过云南高原　百万头大象鼓舞着
拥戴着　追随着　翻滚着　道法自然
逆来顺受　信誓旦旦公开在天空下
闪耀着史诗之光　隐秘潜流下　真理
顺着树根　炎热　混浊　喑哑　固执
坚贞　两岸纷纷被勾引　中邪　归顺
取消酋长们画地为牢的界线　国王叫松帕敏
公主是嘎西娜　率领着白云　花朵　波罗蜜
乳房和古铜色的骨节　去泼水　在永恒的
正午陷入宽阔的沉思　于傍晚赶着失语的
乌鸦归来　石头停在岸边　苍老的南方之神
图腾只领导生活　爱情　音乐　舞蹈和诗篇
迷信万物有灵　宣布种种规训　如何激荡
如何转弯　如何潜龙勿用　如何成为卑微的
顽石　如何在泥石流中坦然如镜　流过那
重重坎坷　向一只灰腹鹟鸟学习极乐　如何
在晚年成为漂木并获得沉默之重　时间死去

桥墩漏水　豹子丧失花纹　茶叶成为轻浮的
黄金　马匹疲惫　镜子映出芭蕉树的梦魇
翡翠们的尸体漂在明月下　赞哈抿口清酒
为勐仑镇的婚礼唱第二十一支情歌　在明眸
秋波中进入生之神庙　跟着橄榄坝的巫师
去摘下第七颗星星　逝者如斯　这不是忘川
之水　土著人和流放者的灵魂之河　总是对
泥巴的颜色记忆犹新　朝着孔雀方向　朝着
棕榈树根　土红色的血液在秋天中减速

《花城》2023 年第 2 期

乡村的孩子是不畏惧昆虫的

林　莽

乡村的孩子是不怕昆虫的
但讨厌苍蝇和蚊子
也稍有些忌惮壁虎和蝎子
它们一个隐秘　暗藏着毒针
一个飞檐走壁　快捷而神速
断了的尾巴还会不停地抽搐着扭动

憎恶行动迟缓的癞蛤蟆
当然　不是相信它想吃天鹅肉
丑陋　是引发孩子们本能的冲动
攻击某些事物的缘由

而那些清晨爬在窗棂上的小蜘蛛
它们有的像小黑豆　有的像
用细长的八只脚　高高地撑着一颗
棕红色的半透明的小水珠

记得奶奶总是轻轻地将它们

吹到窗外的小树上　记不清她说
清晨的蜘蛛是来报喜的还是送财的
简朴的生活中会生出许多愿望
对那些民间的传说我心存敬重

是的　我们自己内心的希求
更需要用心去呵护

《诗刊》2023年第5期

观云者

吕　达

一过德令哈，我们就进入了牧区
火车在缓慢地爬坡
整个白天我们都趴在窗边看云
看两种颜色如何既是自己
又能衬托出更好的对方
牦牛细嗅野花
小心地
把舌头伸向青草

现在是雨季
草场从天边延伸到了眼前
夜幕降临后
云层会聚集成一种灰色
我们不再辨认蓝和白
牦牛已经被牧人赶回圈栏
灰色的云会带来风和雨
但我们听不到

群山环绕着群山

观云者在大地上没有故乡

《诗刊》2023年第5期

雪　调

张晓雪

雪，化一半，剩一半。
化的留给接孩子的电瓶车，
深沉的骑行造出漂亮的水花。

剩下的赠给孩子，堆积内心的
陌生人和诗。而雪，

什么都不会再有了。而我们，
应该为“什么也不用偿还”
充满感激。

《诗刊》2023年第3期

落日俱乐部

黄礼孩

从落日里取出的火花从来不会消失
一双金色船桨带你到天边畅游
去数数自己都遇见过什么样的晚霞
度过怎样的破碎与幽暗，斜阳滑向
雨水中的长梦，湿火柴划不出玫瑰红
但必须去挑亮冬日炉火中的灰烬
直到你脸庞飞起清晰的红霞。夕照
它有无尽的展示，每一帧都在揭开命运的面纱
窗外的静默也有万丈光芒砸向新大陆

平原、山林、河湾、大海或者马背上的落日
包括每一趟火车都通向日落大道
心灵选择远方花园的哲学小径
途中的天堂也收留不了那么多的离散
在荒诞中反复，足够把忧伤装订成夕岚
翻阅消失的事物，一个悲愤的思想掠过
燃烧高亢，是此时的解药。在至暗日子
前往落日俱乐部，把凝视落霞奉为时间的胜利
蓝石墨的夜到来，用不着担惊受怕，有一颗星星
支援余霞，就像晚霞生出了朝霞

《钟山》2023 年第 2 期

一只蝴蝶的安魂曲

海　男

一个人身体中应该有密码，它来临前
应该有预感：麦穗成熟时会变得尖锐

我的手每次拾穗时都能触到烈日焰火
礼赞白云者，都在野生的荆棘中行走

礼物旧了，起开酒红色的盒子，跑出来
一只蝴蝶。睡了很长时间，叫醒了翅膀

蝴蝴周转了山川成为标本，猜测吧
幻想中走进了水边古磨坊，看见了墙壁

石头垒建的古磨坊，墙壁布满了绿青苔
手是用来抚摸的，在青苔上我发现了蝴蝶

它的体温已冰凉，我将它带回家
书房就是它的家，蝴蝶看上去想睡觉

睡觉是生命本能。我看见了蝴蝶的身体
就在我手掌，我内心熄灭了万千的波涛

为蝴蝶做了一只盒子，看见它躺进去
酒红色木盒中我看见了一场安魂曲的乐队

每夜都有音阶引领着那只蝴蝶的翅膀吗
我相信一只蝴蝶早已转世于阳光明媚

《安徽文学》2023 年第 1 期

北方以北

包慧怡

死之前，我想去看看深秋的冻原
看看色彩鲜明的一切：蓝莓蓝，红枫红
臭崧金黄，勿忘草深紫，大角羊雪白
死去驼鹿的硬角覆满青苔，死去的

鲸鱼在积雪的海边献出骨笼，根根刺入青空
猎鲸人把巨大的颌骨推入水中："明年请再
回来呀。"我猜它不愿回来，我是说
世上有那么多海，那么多可供转世的

岸与暗道、杉与山谷、画与花蕊、峡与峡湾
为何不试试别的形态？哪怕是进入一页折扇
一羽豆荚、一汪涟漪、一缕梅香，微观之物
隐幽而适合灵魂躲藏，适宜远眺他人的悲伤

并从中彩排自己的死亡：竖琴海豹呻吟
雪鸮跌跌撞撞，爱斯基摩老人为了取暖
把双手插入刚被肢解的驯鹿胸膛。鲜血、白雪

渡鸦、地衣、冰河、鲸歌，记录下这一切的你

早已逝于棕熊之口，尽管也曾隔着帐篷
意外与灰熊击掌。在阿拉斯加暮星环抱的冻原
在极光拂过的巨大星座间，当你辨认出那颗
刹那划过夜空的人造卫星，你可曾向

另一个自己挥手？隔着舷窗
他正初次或最后一次告别地球
死之前，我想听听天体孤峭的合奏
加入最低的声部，在地轴倾斜处

《诗刊》2023 年第 5 期

飞来的石头

陈　亮

山的最顶端是一块长方形的巨石
据说是从远方飞来的
巨石之上才是这座山的最高点

小时候曾费尽心思地上去过
想看看上面是否住着传说中的神
看看是否可以像飞毯那样
驮着我飞到我想去的地方
可巨石上什么也没有
即使你和大风使出洪荒之力它也纹丝不动

小时候，我总爱站在这里向山外
远眺、呐喊和祈愿
想到山林之外远处的世界
就感到莫名的激动
感觉那世界早晚就是自己的

并使劲向山外扔出一块孤独的石头

多年后，我回到了这里
重新爬上了这块干净的被阳光烤暖的巨石
四仰八叉地默默躺在上面
仿佛另外一块从山外飞来的石头
让风吹一遍，吹一遍，再吹一遍——

《诗刊》2023 年第 3 期

远去的滩涂

叶玉琳

绵延几千里的胎记
默默串起一部大海的纪录片
有人想从中掘取一个秘密
孤绝的背景中是波涛的回声

可谁能抵挡这一场冒险呢
故乡曾经如此肥沃如此敞亮
不卑不亢，不冻不淤
潮湿的泥土里万物蠕动
随时都有一场大梦铺展

直到天色渐渐暗了下来
红树林匍匐在地
白鹭惊飞，跨过海水的障碍
在大海宏大的叙事面前
语言的核心是什么
风怎样才能听见
星河更细小的声音
比如春山望，比如万古愁

《福建文学》2023 年第 5 期

良　夜

马占祥

灯火阑珊处，
龙爪槐把影子轻放在地上，
地面上的石径压住黄土。
我在花园里能闻到土的气息——
多年未曾忘却的味道，依旧卡在喉咙里。
刺玫隐藏了好看的花朵：大隐隐于市。

一缕月光不请自来。在过去的傍晚，
它会照耀路人、农夫和失眠症患者。
它是清晰的，也是公平的，
分别在他们的眼中放下一点光芒。
如今，它只是爬到西山顶上，
一动不动地，打量人间。

《民族文学》2023 年第 2 期

山　前

灯　灯

“山不过来，我就过去。”
说话的人已站在山前。

布谷的叫声悠远。在整个山谷回荡
槭树，樟树，桦树，榉树……
倾听中的虔诚，和无法自控

我知道落叶为什么纷飞，为什么
落下了，还要在风里飞奔

抱头痛哭的一瞬
我轻易就认出了，他们是我的亲人、朋友

最后才是我：山前，所有的我汇聚——
寂静是不知道怎么开口
寂静，是我想起你

……仍然，不知道怎么开口。

《星星·诗歌原创》2023 年第 1 期

古浮桥

吴小虫

到对岸去吧
也是棒槌洗衣烟囱冒烟

如何回到旧时光
那天很热，两辆摩托随意停着

生命之门哪里打开
起身去捡树洞的鸡蛋

唇角充溢，荷担晚归
赣江在龙的脊背上

《北京文学》（精彩阅读）2023 年第 5 期

樱花树

甫跃辉

刚穿过梦里驳杂的光影，我看见

一棵樱花树在遥远的南方高原。手机屏幕
闪现的红，是一种灼热的梦一般的语言
在那黑色的、匀称的躯干之上，所有
朝蓝色天穹伸出的手，打了一个响指
这并非如电影里那样意味着毁灭，相反
每一声响指里，都爆发出一朵樱之焰火。
这些初生的肌肤，或轻薄羽翼
在日光和风翻转的瞬间，它们寂寂的思想
是锋利而勇猛的。就连边上的建筑工地
钢筋和水泥征战的枪声，都霎时降低了
高度。它们进攻，以一种柔软的方式
而钢筋水泥在撤退，散落遍地坚硬又脆弱的尸骨

《十月》2023 年第 3 期

明月从后山升起

燕　七

明月从后山升起
山茱萸花在微风中凋落
那些在宽阔的田野里
越走越慢的赶路人

多孤独。当他抬头看着月亮
沿路的山茱萸花皆已凋落
那些一辈子也没找到爱人的人
没有一扇吱呀的门等着他

《长江文艺》2023 年第 6 期

虫鸣辞

曹　东

一只虫子的鸣声，比月光轻一点
两只相加，又比月光稍重
而一群虫鸣，把夜色抬了起来
坐在里面
像坐在一笼摇荡的轿中
滴漏的星辰垂手可拾，渡过花园
化为镶边萤火
人世紧迫
最后一声虫鸣来自体内
给我被世风
熏染的耳朵，涂上微量解药

《草堂》2023 年第 6 卷

落　梅

梁晓明

看这梅花，落瓣点点，
小小身体，漂在冷漠的水面。
有枯枝倒影想挑起一两页梅片，终于
只剩下迷离老衰的眼神，被衬在
冬日晃漾冰凉的面容上。

下午，你穿着老棉衣走过池塘，
落梅点点，似乎每一片
都落到了你热血涌动的内心
那么凉，又那么无奈
漂在冷漠的水面

你忽然觉得，你似乎就是这
大唐的梅树上落下的花瓣
谁收拾？谁又来看？

《雨花》2023 年第 6 期

卡瓦格博的山顶

何晓坤

卡瓦格博是梅里雪山的主峰
在信徒心中，它是佛陀的圣殿
神圣不可侵犯。卡瓦格博
是人类唯一没有登顶的山峰
尽管无数的朝拜者，用自己的肉身
铺出了抵达虚空的天梯。
卡瓦格博常年云蒸雾绕，很少
露出真容。尽管络绎不绝的山迷
夜以继日地痴痴守候

和所有朝拜卡瓦格博的人一样
我一次次抵达瞻仰卡瓦格博的最佳地
——飞来寺，一次次失望而归。
我知道，作为凡人
我最大的悲哀，莫过于怀揣一颗世俗的心
钻头觅缝地打探，神的秘密。

《诗刊》2023 年第 12 期

这雪总是很大

赵　琳

第三场雪后，地窖的木箱中

秋天在苹果酒的香气中醒来
大雪堆积在原野，深夜的静谧
布满清晨的村庄，水管
在阳光的照耀下，滴水的龙头
酝酿着冬天的下午

乌鸦雪地觅食，冻僵的河流
像一截破碎的长条玻璃
年轻人踩着铁皮溜冰，把身体
摔进失修的河床，一年仅有
这样几天，我们足够
挥霍手中急促的黄昏

茫茫天空，村外高高的铁塔
插进哑语般的暮色
它倾斜的模样
仿若白发苍苍的老人
倚在门框，回绝晚年往事登临
马厩的灯下，吃夜草的马
反刍发亮的星星
雪保留了
鹰在黎明起飞的爪印

《草堂》2023 年第 6 卷

夜晚的河边

赵亚东

芸豆匍匐着
田间小路刚好容得下一个人
侧身走过

荒草滩缓缓升起

里面藏着生锈的独轮车

月亮的眼睑，和盐
此时不需要隐喻
我们忙着捡回枯树枝

雨燕不经意间收拢了翅膀
——在夜晚的河边
没有一束火焰照亮它们

《诗刊》2023 年第 13 期

槐树本纪

吴少东

暮春时父亲下到门前的小河里
在齐腰深的水中摸索
拴上麻绳，他要将
浸泡大半年的槐树起上来
用铁锹铲去湿黑的皮
再暴晒一夏

在给槐树拴上麻绳时
父亲与槐树一起沉在河底
他直起身，将绳头
准确甩给我，光身上岸
我们共同将其拽了上来
父亲与槐树都是湿漉漉的

秋风刚起时
在祖居屋砌有花台的院中
他与邻居的木匠用一把大锯
将槐树锯成一片片木板

打成了两样物件
粉碎的气味撞击着花香

一是我们吃饭的方桌
一是祖母满意的棺椁

《北京文学》（精彩阅读）2023 年第 4 期

我不孤独

车延高

草原这么大
一个人来到这里，寂寞一定是有的
但我不孤独

牛羊和漫山遍野的草木窃窃私语
花儿、蜜蜂眉来眼去
格桑花和格桑花在蝴蝶的翅膀上走亲戚

看上去只剩我一个人，坐在玛尼石上
傻乎乎的，像一块名不见经传的石头

但我内心丰富
感觉要雨有雨、要风得风
其实，不与人争时
整个世界都是我一个人的

《诗刊》2023 年第 15 期

一　生

刘傲夫

每当想起父亲
就会想起他
在我童年
某个初夏的夜晚
带领我去
蛙鸣四野的
水田里
叉泥鳅
那晚我本以为
会收获满满
但结果是
一条泥鳅
也没叉到
但我并没抱怨
那晚的确
地球上的泥鳅
都不见了

《星火》2023 年第 2 期

事物本然的样子让我体验到完美

黄　斌

事物本然的样子让我体验到完美
一团湿泥　干泥　一块土
这是泥土的本然　或许在某些人眼中
它们是污浊的　或不洁的
但并不妨碍它们滋养植物　种出粮食和蔬菜

泥土又何尝不是人类的本原呢
生死于兹　不需要任何报答和感恩
不惜供奉出肌肤和血肉　在无言中包容
泥土如此　本然的事物无不如此　它们的
完美是前定的和谐　不需要美也不需要美学

《诗潮》2023 年第 9 期

向树木学习写诗

魏理科

一棵树无论怎么长
枝繁叶茂旁逸斜出
或是寥寥的几笔
都是好看的
一棵树
直也好，歪也好
活也好死也好
半死半活也好
看起来都是舒服的
树无定式
但每一种树和每棵树
都是得体的、恰当的
仿佛它就该这么长
就该长成这个样子

《长江文艺》2023 年第 9 期

琼江芦苇丛

张远伦

芦苇不多，浅浅的几丛
连鹭鸶恋爱
都没法隐藏

可它们嫩尖在抖动，分明是
感受到了风
和风中的柔情
暮晚时分，苇秆尽可能地屈身
向着天空露出弧线来

鸟无踪迹，不闻扑腾
苇叶挑起的黄昏
闪了又闪

《边疆文学》2023 年第 8 期

记忆里有一个孤独的牧羊人

杨启文

他使用黑夜收集爱和清贫，占用白天
顺着山坡寻找失散的羊群

他肯定也有过爱恨交错的时光
相信过心灵

但他说，风可以再大一些。一觉醒来
山冈那么安静

白羊聚在他的身旁，像一堆堆朝夕相处的
恩情

他说，如果不在意，请把我写的诗给他当坟
把秋风当送葬的人

我写这首诗的时候，风还是那么大。他赶着羊群
从山坡上下来，像一个神

《边疆文学》2023 年第 5 期

岩　匙

爱　松

江流为群山冲开通途
游过的却是鱼
光明为黑暗钻出甬道
漫布的却是星星
岩匙暗藏的白花、红茎、绿叶
在巨石和尘土的裂缝中
打开春天

《红豆》2023 年第 1 期

骑　马

文　西

母马的额头有一圈白色
臀部光滑
尾巴垂到地面
我骑着它走了很远的路
幼马一直跟在身后

马的眼睛里
只有大地、白茅、山川、河流
和渐渐暗淡的星空
在被驯服的岁月里
它们温顺，胆小
保留马的姿态
优雅地咀嚼草根和树皮

《扬子江诗刊》2022 年第 6 期

山　中

江　离

只在此山中，云深不知处
——贾岛

当我们说起山
它总是在我们的想象中——
崇山、幽谷、云雾
不能尽言的神秘归之于此
不周山撞断后日月西行
西王母的瑶池在昆仑山上
晋人王质在山中观罢棋局
他的斧柄已经腐烂
开放的空间和塌缩的时间，托举着
有死者的世界
这些都是远古的传说
更切近的，是诗画中描绘：
南山悠远，蜀山险峻，溪山雄伟
它们构成了
自然与精神的双重境界
几处远山，在《水村图》的尽头
暗示着我们的生活需要的远景

不至于太高也不会太低
超然，但不是超验
……机翼流金，如大鹏御风
往下看，千山已如平林
山中，风吹落了松子
那时，我们这些丹丘生、岑夫子
正举起杯中的青山，饮下世间的繁露

《青年文学》2023 年第 3 期

秋日登两髻山

张进步

人一旦与山相遇
人就想比山更高：
至少要高出一个人的高度。
好在我还没养成这样的臭毛病
我怕累：我慵懒、多汗，爱坐在树荫下发呆。
在两髻山，我边走边歇
路过山泉，摘了山枣，在腐草上
还遇到过两只用口水写作的
粉红色蛞蝓。
它们先后向我传递过如下消息：
“此山野性、神秘。”
字迹未消，一只青虫
就从我手中的山枣里爬了出来：
冲出了果壳，但没能冲出宇宙
能冲出宇宙的，或许只有山顶发电的风车
一轮一轮地，在虚空中画着光圈
众山众树众鸟众虫
都匍匐着
压低了声音

《扬子江诗刊》2023 年第 1 期

草间辞

马泽平

我的心头藏有一颗巨石
它源自时间，和那些
沉默瞬间的堆积
它深藏心底，偶尔会在荒草间复活
我喜欢荒草、谷莠、藜、生满刺的荆棘
在夜雨中微微倾斜
时间在这里显得多余
我把它命名为墓地，并等待，荒草在夜雨中
缓慢地死。有意思的人和事物
已经没有多少了，我愿意整夜听雨，滴穿心头的巨石

《诗刊》2023 年第 4 期

听　雨

牛庆国

好久都没有完整地听过一场雨了
真的　好久
自从离开乡下
我对好多事都失去了耐心
任何一种植物
我都自愧弗如
今天听见雨打着铁皮屋顶
居然一直听了下去
还听见一辆老旧的卡车
是的　就是一辆老旧的卡车
颠簸在过去的山路上
满载着雨水

和云朵
就像载着一条河
多好啊　草木繁茂
庄稼长势正好
沿途的亲人们
用雨水洗尽了脸上的灰土
露出健康的表情
感谢这间铁皮屋
让我没有白白浪费夏日的一场好雨

《人民文学》2023 年第 1 期

回乡记

王　玮

补完所有玉米，坐在田埂上
看远处的村庄。所有的村庄
都低于我的身子。所有的山色
都尽收眼底。所有的我
只是地球上的一粒尘埃。
夕阳落在脸上
玉米苗和野草一样拔高，一样
在风中暗中较劲。我坐在

它们之中，一切的目光
都是美好的，一切的较劲
都是空幻的。我多想
躺平身子和它们较劲，较一下
绿色的劲，以此来证明
我也是春天不可或缺的一部分

《当代·诗歌》（试刊号）第一期

星　星

玉　珍

有没有一种可能
将那些亮着的星星摘下来
让看它的人歇一歇他们的脖子
我设想一种研究能解决对它的痛苦
那孤独仿佛是我熟悉的
我经常抬头看它们，
也许我看得并不真切
那光芒如何安慰我们的失落？
它那么遥远
使一种信念坚持在黑暗中
没有腿，但从没塌下来过
我们像两个世界的东西相互看见
却永不理解
但并不妨碍各自的存在
但有没有一种可能将那古老的光芒
摘下来，安在遍地的球体中
星辰在很低的地方亮起
但一些碎石头并不像繁星，
我们的堕落偶尔需要它的照亮
当我们瞎了时那双手还能摸到什么
记得曾有些星子在那个地方就是一种方向
那些坠落的石块曾是人许过愿望的
它已在光芒中死去多回
今天又亮起在北边的位置

《北京文学》（精彩阅读）2022 年第 12 期

有些雨，你无法触及

蒋一谈

有些雨，你无法触及，但你
可以体会，在整个夜晚。

我说的是那种没有声音又能让
叶子在傍晚的宁静中闪亮的雨，
极细极细，像婴儿的睫毛

丝般滑落；而叶子配合着，
纹丝不动，仿佛新颖的感动。

我站在那儿，闭上眼睛。我的脸代替我听：

某种事物降临，越来越近了，就好像
我站在岸边，大海一个转身，巨大的谅解
就摊开在了我的面前。

其实还不止这些：这样的雨，让我以为
它是最有教养的语言学家，

它的只言片语，近乎不言不语，
随时把说话的时间留给了你

《诗刊》2023 年第 2 期

春　日

陆支传

我有些迷恋这样的感觉

阳光落在地上，有难以解释的脆响
与一座枯坟抵足而眠是一种
全新体验，一段岁月
被墓碑用旧
一段岁月正被我活着

我们都有绝口不提的秘密
这多么美好
天空掏出的云朵露出年轻的脸庞
涨水的河流刚刚有奔跑起来的愿想
而此刻，我留在岸上
像一个失去纸张的动词

《安徽文学》2023 年第 5 期

蜗牛开始的夏日

李郁葱

那些愚蠢的念头始终折磨着我
像它的触角，在小心翼翼中又有疯狂的试探

它从何而来
这奇怪的动物背负着自己
荏弱而固执？在一阵雨后它如蘑菇一般出现

它动，似乎稀薄地抓住
带来一个夏日开始之时的缓慢

那些在稀疏的枝叶和雨水之间的恍惚
这糊涂的余生，它仰望那片开阔

它慢，却依然被夏日接下来的炎热所提醒

只能是沿着一根藤蔓建造自己的庙宇

《安徽文学》2023 年第 6 期

灰喜鹊的天空

紫藤晴儿

好像一声啁啾也将世事隐现
它们正向着事物跃出
扩张的光倾覆过来
爱一样的沐浴，它们用羽毛也用嗓音
你在树下寻找这些精灵
羽毛煽动的虚无，也会混响着风一样的低语
灰色扑棱向天空
它们又像从我们的内心飞向那些高处
它们随意地飞来飞去
有我们不去限定的时空
一只灰喜鹊和另一只似乎没有区别
我们只用羽毛和声音来认领它们
还有看不清的眼神装下世间的斑驳陆离
也在它们的歌唱之中
你用一种寂静去走近它们的自由
它们也可以从高处飞下来
对视于一个此岸和彼岸
又好像穿过了彼此
我们也是它们，它们也是我们
走动在大地上

《安徽文学》2023 年第 7 期

晚　月

应文浩

月亮照在园子里
青菜、萝卜、菠菜……
被一一照出来
从虚到实
让我们感觉只有照耀
才肯站出来的事物
真的很多

巴旦杏、红梅、曼陀罗
花朵与平常的绿叶
艳度变得多么相近
我们能感觉到
它们的平等并非源于自身

明天，太阳升起
那些突显的真实
令我们再次找不到虚无的入口

《扬子江诗刊》2023 年第 6 期

我们的土地

周瑟瑟

我们的土地无人照料
多年以前我们都离开了家
我们背着行囊
开始还带着青草和池塘
后来青草枯萎了

池塘渐渐缩小
最后消失在我的喉咙深处
我们的方言还卡在那里
像一只褐色斑鸠
发出咕咕咕咕短促的叫声
当父亲消失之后
我们的母亲
孤独的母亲也消失了
但对于沉默的土地
最早消失的是我们自己
土地还在那里
只是无人照料
父亲还照常起床
他忘记了我们已经离开
我们的母亲
孤独地坐在炉火旁打盹
仿佛生命永远不会死去
土地永远年轻
只是我们带走了
不能带走的青草和池塘

《诗刊》2023 年第 17 期

审美的庭院

李成恩

四月的南方，露水打湿院落
长条木桌子，宽厚的生活
粗壮的木腿支起夜色

懒洋洋的狗醒了
缓慢的生活态度
审美的主人，他负责表达

但不负责解释庭院为何丰衣足食

树冠下的黄昏，腰肢乱颤
花匠低头，赤脚踩在花圃
那姿态，那朴素的劳作
都是艺术最高的法则
审美发出突突突的叫声
审美的机器被花匠驯服

善良的本性
被驯服的心
在黄昏全归于审美的庭院

《四川文学》2023 年第 8 期

夜幕之下，一座怀抱自己的海岛

敖运涛

我想到了：风暴、珊瑚、盐和暗礁
我想到了：古埃及、蓝、长太息、爱和遗憾
夜幕如一块致密的制服呢，无法撕扯
我甚至无法看清：一座蓬头垢面的岛，该有一张
怎样的面孔？一座茕茕孑立的岛，漂泊在浩渺的海面
屏住浪潮的幽咽，怀抱着自己的坚硬、粗粝和陡峭，
慢慢收紧身躯，像刚刚跳入大海
像清瘦的诗人、占卜师和哲学家，怀抱着地球，刚刚跳入
浩瀚的星河

《诗刊》2023 年第 2 期

暮落樱花

谈雅丽

湖水一直后退，一条搁浅的蓝鲸
吐出薄暮的水雾
岸芷汀兰的湖岸，一朵朵樱花开放
香气炸开，发出清脆的响声

明朝的藏书楼如今留有今天的脚步
还藏了满室的香魂
一扇窗户抱着慈悲的念头
让我把所有的深情，都向湖水敞开

但暮色也在一步步后退
因为樱花树，因为暮色来袭
田野里的事物都飘起来
一到黑夜，所有的事物就开始发光

《诗刊》2023 年第 13 期

塔城东戈壁

马 行

帐篷门口
有一个马扎坐着就可以了

风停了，鹰飞远了
灰蓝色的天空分外轻淡
有一双眼睛就可以了

不需要抽烟，不需要有酒

清茶、白开水、手机或电脑，也不需要
有一匹马儿就可以了

在塔城，在东戈壁，太阳想落下就落下吧
有一个黄月亮慢慢升起来也很好

《诗刊》2023 年第 9 期

在塔公草原

干海兵

终老一生，在白云之下
在流泉和野花之侧
草势蓬勃，像抱有期许的等待

但我要把帐篷搭在路边
让最后一班车连夜出发
把这迟到的春天捎给我的城市
我将收养那些散落的星群
把月亮种在海拔三千五百米的
所有石头的心中

我所收养的那些迷路的星群啊
有些如石头一样柔软
有些如花朵一样坚硬

《人民文学》2023 年第 10 期

下一刻

周庆荣

庞大的山体上，一块石头高耸。

一只鹰站在石头上面，它静止不动。山体、石头、鹰，我远眺，
它们就是一尊组合而成的雕塑。
在天空的背景下，山的底座显得不合比例。
鹰是雕塑的灵魂。
它的身体静止，空气在凝固。
下一刻。下一刻！
将要发生的，在地面上找到答案。
草丛间，蠕动着一条长蛇。田野，奔跑着一窝鼠。
下一刻会怎样？
雕塑的审美拒绝把结果提前。
我也只是在看看风景，同时看到一座山，山上的一块石，石上的一只鹰。
如果我非要知道下一刻将发生什么，雕塑的力量便仅止于失败的焦虑。
下一刻，就是下一刻。
我看到的景象属于昭示。
我自己的预见，说明雕塑的意义已经实现。
——因为下一刻。

《上海文学》2023 年 8 月号

结伴而行

盘妙彬

火车奔跑在太平洋上
在一群鱼的屋顶
鱼鳞的波光一闪一闪

东海岸的铁道很弯，很多弯
转弯，火车开到太平洋上
转弯，火车返回海岸山脉
车轮溅起海水，鱼儿跃出洋面，西下的夕阳一闪一闪

一列火车向基隆，奔向太平洋
向宜兰，跑在无边的蔚蓝，去花莲县
一个人坐在面海临窗的位置
他的心鱼儿一样，一会儿日本海，一会儿美洲西海岸

水做的蓝色斜坡，鱼们圆形的屋顶

《钟山》2023 年第 4 期

突然决定

叶　舟

靠在山脚下，突然决定，
大哭一场。你看，春天跳下了马车，
寺庙亮了，鸣禽和枞树，
像一门古老的哲学。大哭一场，
最好蘸上泪水，将冬天用过的灯台
逐一洗净。鲜花在坡上，
麋鹿和枝条，被露水扶起，
在雪线收缩的一带，
凤凰破土，妇女哺乳。
祁连山：一座思想的天山，
一根伟大的脊梁，用了绿洲和石窟，
菩萨与毛笔，卷土重来，
写下今日的说辞。靠在山石上，
突然决定大哭一场，
你看春天来了，春天就要有
春天的样子，布施下悲痛、酥油、隐忍和鞭子，
在这无限的北方。其实也并不孤单，
孤单才是一堆真正的爝火，
晒干《汉书》和酒碗。哭作一团的，
另有班超、霍去病和张骞诸人，
而那个身披袈裟，牵着

一匹白马的僧人，刚刚离开了当年的长安，
大概在九月才能相见。

《钟山》2023 年第 3 期

古老的山冈

蔡天新

在这片古老的山冈上
栽种着红鳞蒲桃树
走过林中的那条小路
每个脚印下面都有历史

一只破碎的陶碗底部
一块上了彩釉的瓷片
汉字失落在其中犹如
雨水渗入黄色的泥土

《诗刊》2023 年第 17 期

独自赶往沙漠的人会不会变为一粒沙子

巴音博罗

他滚动，借助风的威力
他不会顾及自己，也不会在太阳的
威慑下融化、消失

在巨大的荒漠中，我用活血喂养他
用马肺中的烈焰持续烧灼
他的焦唇和瞎眸

我假装什么也看不见，一条饥渴的河

在灰色荆棘上翻滚，起伏
戈壁之舟骆驼以嘴喷涂黑色蚁团

我不会禁止任何人哭泣，当炽热摧毁了
法令，吹笛人将一颗沉睡的石头
从千年之外唤醒，领回一只小蜥蜴，将断尾

举过头顶，另一只惊慌失措的沙鼠趁机
钻进历史的洞穴，它将被黑暗吞噬
而风滚草则应声一直滚到我的稿纸上

我停止了写作，我不想再一次揭开
这大地的伤口，在黄色硫黄中
独自赶往沙漠的
那人，仅仅使沙海增加了一毫米的厚度

《绿风》2023 年第 5 期

过山村

张翔武

有时候白天，有时候晚上，
我们走路下山，去往镇上。
有段公路两边全是松树和银叶金合欢，
形成带有穹顶的绿色走廊。
继续往前，要过鸣矣河上的桥，
清澈的浅水绕过卵石、红砂岩，
流向远处柳树的阴凉。
在玉米地、贡菜地之间的田埂上，
我们认出红蓼、荠菜、车前子。
也会有鸟，冷不防，从我们
眼皮底下开始仓促地逃亡。
不管早上或者夜里，这个村庄

从来没有太过繁忙，有人翻地，
有人挑砖砌墙，在起一座新房。
竹林高处，鸟群的会议规则
就是评比谁的嗓音更响亮。
水塘里，鹅群正在洗澡，那个欢腾——
白色的颈和翅膀糊上了黑塘泥，
看来它们把泡澡临时改换藻泥浴啦！
一棵花椒树、半截生满苔藓的墙，
墙边整齐的柴垛，我们停下
一番仔细欣赏。亮敞的新式小楼
与黑瓦土墙的传统民居，我知道
你喜欢哪种建筑，只出于养眼的角度。
每一趟都路过村口，那处水井
配有两方水池，池边还有一棵滇朴，
这样，不管晴雨，人们可以安心
淘洗手头的蔬菜及衣服。
走了这么久，我们要到的地方
真是不如路上那么富有野趣。
在小旅馆的房间里，附近工地
那些工程车像在拼命，噪声整夜在响。
那也得睡，今天看过的风物
明早又要路过，就像一部电影倒放。

《诗歌月刊》2022 年第 12 期

旋覆花

娜仁琪琪格

想到割草机“突突　突突”的
枪林弹雨　那些柔软　明亮的花朵
清新　美丽了大地的生命
应声倒下　顷刻间
粉身碎骨

我再次奔向河边　要去看
旋覆花　那些小小的
太阳一样的花朵　它们在晨露中
给我带来怎样的惊喜
它们同样是美的　柔弱的
没有一丝一毫的反击力

在正午火辣辣的太阳下
我重新走近　这些开在大地上的小太阳
看它们　依然在那里

我心安了吗？
“能多开一天也好
多开半天也好　多开一阵儿也好……”

《诗潮》2023 年第 1 期

树　眼

里　所

每棵青灰色的树身上
都长满黑眼
两道浓重的眼线
含着眼珠
有些很规整
静定的目力
能看穿对面的树
有些像张开的大嘴
喊出一个黑色的
“啊”
三角形或鱼腹状的
惊讶地凝视

锯刀切下的瞬间
吱吱声还在它表面生长
每一刀都有了去处
每个伤疤
都那么不相同

微信公众号“新世纪诗典”2023 年 8 月 13 日

运　河

孙　思

一朵云，从运河的左边飘过来
带着外婆的气息

每年春天，两岸的茅草苏醒后
像小矛刀过凉水，有着刚出世的锋芒
它们一根草尖顶一颗露水

外婆说：一切生灵皆有命数

河岸的蔷薇，开着时是醒着的
睡时，捂着孤独的秘密
像外婆走后，独自坐在岸边的
我的年少

远远地，对着一条小船
确认它是外婆的小脚，搁浅在河面上

《十月》2023 年 2 月

一匹贵州马

韩少君

一匹贵州马，从我记叙过的山上
走了下来，曙光正好照着它结实的臀部
一匹贵州马，途经名叫音寨的布依族村落
清晨，它略显扁平的影子
穿越烟黑色的土墙、草寮
穿越洁白的新木栅
四蹄光亮，把一块块
青石板敲得叮当响。

它一直走下去，走到水边
这样一匹贵州马，就应该把它放在
流淌的小河边，吃草，打响鼻，环顾左右

太阳照亮它的左脸
它的眼睛像玻璃球
反射着远方，远处
酒窖，宁静的集镇
还有深秋的土地残留的几堆秸垛
和树木的两三节断根。

《长江文艺》2023 年第 4 期

百喜岛[①]

杨章池

沧浪海，小太平洋
环抱着你的茫茫水面
被无边的蓝，篡改了身份。
因借出部分颜色，天空
松了一口气。

这敞亮，照透了从未发生的事
以及从未奏响的音乐：
“怪不怪，它们一直在记忆中！”
哦时间立场模糊，一个人
在瞳孔中慢慢老去。

帐篷、烧烤和林间小屋的休憩
搭建浓缩的生活——
一边全神贯注，一边漫不经心。
孔雀走进人群，像突然还俗的僧人
骄傲半藏，在欲开未开的尾屏中

冲锋舟一遍遍测量它小小的腰身
泡沫与浮石，翻新着一个又一个旧词
而上课铃一样的摆渡船开来，宣布
一个新鲜节日的落幕：
“张口结舌的美，是最甘心的代价……”

《雨花》2023 年第 9 期

---

① 湖北省丹江口市凉水河镇东北部的丹江口水库，是我国内陆地区不可多得的宽阔水域，水质优良，状如翡翠，因此被人称为陆上“小太平洋”。百喜岛位于水库中。

月　季

赵晓梦

叫不出名字就对了。从风被打断的
地方，跑步穿过竹林敞开的隧道
杂树无花的春天正在复制密码
地上有光，树上有线
公园长椅只留给没有心事的人
做完伸展运动的低矮灌木
在路边打开蝴蝶翅膀

这是一个美可以大声赞美的时代
但是微信攥在手里减不了肥
只要花开还在，我就不断从人群中
离开。恐惧和孤独被无限放大
风把植物的那点情分全都榨出来
品类和特征只能适应生长环境
过低的天空装饰不了停滞的风景

一旦离去，熟悉的建筑就会成为
牺牲品。黑夜在雨中完成自我救赎
艰难的是这些弯曲的风
熄灭不了长在四肢上的原产地
除非一切溃散，除非突破某种界限
飞鸟的脚步更加深沉，在树枝中间
花瓶问过的门槛不再有白天

《诗歌月刊》2023 年第 7 期

木　槿

朱　弦

荒草中独立，夜色教会我
辨认黑暗中闪着幽光的事物
生命力构筑在干旱的泉源之上
粉紫色花朵怒放，包裹一颗素朴的心
五片花瓣伸出长长的触角
拥抱扑面而来的风，开在
秋天的花需要一股凛冽的勇气
对抗不请自来的敌人
一簇比我还高的木槿，怀有
女子的淡雅，仿佛在和命运较劲
让途中赶来的暴风雨向空地倾斜吧
妹妹和木槿同名，她们都是我
惦念的亲人，一触动情感的开关
柔软的电流在一瞬间传遍全身

《北京文学》（精彩阅读）2023 年第 1 期

阿米贡洪草原

王正茂

一眼望不到边的辽阔啊

极目处有雪线隐显
四月的午后
阿米贡洪空无一物

只有风
久坐之下

驰骋的冲动经久不息
但马儿近绝迹
最后一匹好马已被塑成雕像
金光闪闪，表情夸张

牦牛仿佛巨大的黑菌
从草丛中生发
眼神狡黠又闪烁
他们低头向大地倾诉
偶尔也会抬头　倾听

草原上的物象总是这样
来得快，去得也倏
雪在夜半营造空灵仙景
黎明时分却隐入混沌
太阳收敛羽翅
闪电亲吻远山云雾
雷声空旷
风搅动雪
牛群忽然就渺无踪影

《诗刊》2023 年第 19 期

空谷鸟鸣

离　离

一座山谷的幸福
在于清晨传出的清脆鸟鸣
在于几条蜿蜒曲折的小路
空气浓密又湿润
一个人在这里的所有幸福
在于
每一个清晨

你似乎发现了
鸟儿欢快地
在树梢上轻轻抖落了一些晨露
而你
也做了自己喜欢的事

《中国作家·文学版》2023年第3期

祁连山中

武强华

大一点的偶蹄应该是牦牛
小一点的是马鹿
梅花状的很可能就是雪豹

河谷里新鲜的蹄迹，昭示此处
“山林保持原状”，空气里的兽性
仍未退化干净

屏息，枯坐。在大石头上
看被山洪掏空根部的山杨树
摇摇欲坠。等待眩晕过去或者
什么突然降临……

真寂寞啊，此时的山谷
只有人类

《人民文学》2023年第2期

勒阿拾句之：火塘

诺布朗杰

那些围着火塘讲故事的人，大多都已经不在了
我是听故事的人。我还好好地活着

我活着，就是他们活着。我又成了讲故事的人
火塘被填掉了，可火塘里的火还没有熄

我要给你们讲的，仍是火塘。执火的人不怕烫
那生生不息的火种，现在落在我手上

火塘已经不复存在。多年以后，我也不复存在
那时候，一定有另一个我，给你讲另一个火塘

《诗刊》2023 年第 18 期

果　核

何泊云

叶子一片一片堆起来
钱币般埋葬了松鼠，和不经意
遗落到大地带光的果核

它之外，爬满了蚂蚁
正因如此，梦想便在果核内外
诞生，酝酿于一个比自身还坚硬的冬天
它趋于圆，仿若更明亮的星辰形状

你和我，沿着圆的两边行走
在相遇的那刻，它开裂、生长

标记时间、空间和我们

《星星·诗歌原创》2023年第6期

雪白的鸽子

马文秀

深情的对唱，让雪白的鸽子
在彼此的眼中找到了天空

从那座山飞往了这座山
飞行的轨迹是一朵玫瑰的形状
开在了过去也开在了未来

只有此时，我们或许意识到
曾经离去的背影过于锋利
划开了夜色一道口

多年来，我们带着故乡的星辰
在漆黑中走向远方

却不知道彼此遥望时
折射出的光芒，比自身还耀眼

《人民文学》2023年第5期

多依河

郭晓琦

又一次见面，些微忧伤的多依河瘦了一圈
流水清冽而舒缓，水声瘦了一圈

青山瘦了一圈
沿岸的老榕树瘦了一圈

缠绕着老榕树的青藤，傍着青藤的
小野花，都瘦了一圈

飘过头顶的云朵瘦了一圈
侧身经过的风撩起长发，力道瘦了一圈

老水车瘦了一圈
竹排静静靠着旧渡口，骨头瘦了一圈

戏水的少年银白，脸上的青涩瘦了一圈
歌谣里的光阴也随之瘦了一圈

还有呢？卖芭蕉粉的老人
倚着石堤
他佝偻、矮小，暗灰色的暮年又瘦了一圈

《广州文艺》2023年第2期

地心一日　地上亿年

老　井

拿起乌黑的毛巾揩汗时
忽然在面前的煤壁上
发现一片羊齿草的痕迹
史前的森林，亘古的落叶
此刻，我发现面前坚硬的煤壁
在瞬间变得豆腐般柔软
忙停下综掘机，拿起钢钎小心翼翼地
将它完整无缺地剜下来
当钢钎在巷底上溅起尖厉的声音时

这地心的一天就过去了

当这片炭化的落叶被我捧到地面
重见天日之时
这宇宙中的一亿年也过去了

《钟山》2023 年第 1 期

我的愉快在羊圈里

白庆国

每割下一把青草
我都会想到羊吃草的样子

美丽的下午时光
我把满满一筐青草
倒在料槽
那些羊急遽地围拢在一起
愉快地吃起来
因为没有拥挤
也没有争抢
它们都很愉快
哦，原来愉快是这样形成的

我看着它们吃草，咀嚼的声音此起彼伏
愉快感持续增加

一个下午的安静时光
我的愉快在羊圈里

《人民文学》2023 年第 7 期

第四辑

四十七岁的自画像

沈浩波

二十四年前留的光头
终于在五年前
重新长出了头发
是我变得更温和了吗？
——根根直竖的头发
是固执残留的桀骜

我依然坐在
十三年前搬进的办公室
同一个位置
深陷的沙发
世界仿佛是我
肥大的鼻头
从未发生改变

就好像我的左颧骨
六年前曾被
摔成粉碎性骨折
后来慢慢长好了
皮肤光滑如故
看不出任何变化

而巨变早已发生
双眉之间
斧劈般的立纹
令我的脸
变得更加紧张
唯有用微笑缓解

你们再也看不到
二十年前
斗鸡般的青年
现在我是一个
保持微笑的中年人
尽可能怀抱善意

愤怒被压得更深
如同脂肪堆积在
衣物遮蔽的小腹
如同潜伏在肾脏的
尖锐结石

不知在什么时刻
就会令我疼得
直咬牙

微信公众号“口红文学”2023 年 9 月 9 日

评　估

冉　冉

在醉人眼里，这一带旧楼
值全部江山。走出小巷的少年
值所有的春天和夏天。
通向码头的石梯
值整个大海。

静默的街坊，值云遮雾绕的
山城。只要呼喊，
索道和桥梁就会发出回声。
暗者攀缘在岩壁间的黄葛树，
酣睡的叶片值满江游艇。

低头缝补的人忘记了伤痛，
临窗老妪将一脸涟漪
赠给了凝定不动的江水。

隐匿的诗人，值终于露面的
催眠师。魔术师也登场了，
一副面具值诡谲多变的命运。
那数不尽的街灯呀，值璀璨的
酒曲，因果的酒曲。

《江南诗》2023 年第 1 期

在成都

张桃洲

晚归的人仍在桥下兜售玫瑰。
你看，锦江两岸的灯火并不对称
萦绕于大排档上空的方言
在酒精的刺激下渐渐偏离它们
纯正的轨道。在此处，
方言显然无法等同于乡音

但另有一种幽微的声息来自
草堂里萧瑟的乔木，或者
三星堆一张面具下未被
遮蔽的嘴唇，提示你的思绪
可能达到的边界——那传说中
我们还没有踏上的蜀道

喏，拐过这条马路就是宽窄巷
那儿有一间名为“白夜”的酒吧

《大家》2023 年第 2 期

一个无边的路由器

翟永明

一个无边的路由器
悄无声息　占领了我们的身体
像植物曾经占领地球
像动物曾经占领世界
我们会成为远古物种吗？

基因系列　管理我们的身体
但毛发、皮肤　拜父母所赐
我们的大脑将与宇宙连线
我们的存在　退为一种模式
深邃或原始　当浩瀚抵达
我们像星群一样闪耀
像日月一样高挂

但我已远离尘世　成为幽灵
人生没有倒挡
只有倒叙

《万松浦》2023 年第 2 期

我已将大脑上传到云端

杨　克

通过脑机接口完成“人机交互”
我将大脑上传到云端
此时我和电脑是同一个人
云智慧也是一致的存在

我有肤电、脑电与心电
计算机也有呼吸、脉搏和体温
此时，人机一体，头脑里的芯片
让我记忆超群，一流睿智
如同巨人我不止三头六臂

我写诗，古今中外作品存活
在电脑里的诗人
借用我的心智我的手
超今越古璧坐玑驰
王维与荷尔德林，谁不通灵？

我通晓各门外语
还能量子高速运算
一个人分身为三种形态
彼此熟悉又有点陌生
机器带着我心跳的节奏
跟随脑电波的脉动和神经信号指令运转
我内心柔软的情感
纳入金属的硬度和理性
我和它和它
是人类崭新的品种

从此我没法从这个世界退出
肉体消失，精神在云端永生
在真实和虚拟系统中，人性即神性
彼此都是生命的主动参与者

《星星·诗歌原创》2023 年第 6 期

倾　听

尚仲敏

我知道怎样收集
那些感伤的或明媚的歌曲
并从不怀疑它们的来历
不只是在暗淡的夜晚
有过热泪盈眶的时候
而又不向别人提起

还有你，我们不说话该多好
深深凝视，感激和鼓励来得如此细致
我们难以接近，你还是照料好自己吧
别忘了我就行了
我会在前面等你，就像等待
反复到来的一个个日子
把它们过到底

让我们共同倾听
那些感伤的或明媚的歌曲
无论怎样，让我们微笑、牵挂
让我们的心灵，充满那些
纯洁、真实的声音

《草堂》2023 年第 1 卷

拉萨在另一条街上

——致陈小三、贺中、平措

小　引

明晃晃的月亮照着地球

此地黑暗
彻夜无人

落叶犹如诵经，从天而降
具体的安慰
重新定义了枯萎

从来就没有死亡这回事
无非是一只大鸟
从你我头顶飞过

无非是灯火暗淡，且静
无非是，你去另一条街上投宿
留给我轻微的咳嗽和静静的窗户

《长江丛刊》2023 年 2 月上旬刊

小 镇

耿占春

一条公路穿过小镇的边缘
道路两旁的白杨树在夜风中
喧响，黑夜里偶有卡车驶过
远光灯刺穿一条光的长廊

短暂的几声鸣笛后，小镇
再次陷入封闭已久的沉寂
一辆卡车，从暗夜中来
又隐没于一阵更漆黑的夜里

他被再次抛进已逃离的乡镇
世界古老，他的心太无知
一个青年人，从黑黝黝的麦田

远望车灯瞬间照亮夜空的白杨

他每晚在读康德、维特根斯坦
或艾略特，世界古老，他的心
太年轻，那堪比险恶的世相
哲学与诗终不能让他应对生活

每晚他都漫步于麦田，麦茬地
秋耕后的旷野，或冬日的冻土
每晚他都暂时合上书页
眺望卡车的远光灯照亮的世界

小镇很古老，他的心是个谜
看不清自己的命运，从小镇灯光
最晚熄灭的窗口，他望着
一辆卡车的远光消失在暗夜

《大家》2023 年第 2 期

需要在寂静中找回自己的原形

李　瑾

我喜欢在阴天跑步，最好天空中下着
蒙蒙细雨，最好两边有山，群峰起伏
脚步中就会有悬崖
有隐隐作痛的闷雷
和意想不到的无知。在峡谷之间跑步
当然脚底需是平的，这样，踩在乱石
之上，会觉得踏实
也不会觉得自己是
孤身一人。有石头
有蹲在山脚下还没离去的星星

那个跑完以后流泪的人，就不会是我

《诗歌月刊》2022 年第 11 期

风　筝

王夫刚

在潍坊我曾经生活了三年之久
这是一座城市，空中飘着太多的风筝
但我向来不喜欢飘的东西
很多次我抬起头来，看到风筝
看到飞鸟，并把它们混为一谈
这不说明具体的问题
因为飞鸟同样被我一再忽视
我只是奇怪，风筝和城市
可以保持这样一种关系
我对搞不清楚的事情怀有断断续续的
热情，而三年时光正好弥补
一只风筝所带来的阴影
在写给天空的赞美诗中
我谈到了风筝和它飞起来的命运
“风将使它找到天堂
而线能让它带着天堂的消息
返回人间。”当我篡改阿基米德的时候
风筝博物馆的错漏仍未修正
我感激潍坊，但对轻而摇摆的风筝
有点粗心。世界就是这样
世界就是这么一回事——
我不喜欢飘的东西（或者是
飘的感觉），但轻而摇摆的东西
不会因为我而丧失意义
也不因我的来去产生爱与恨
在潍坊，总有一些清晨

黄昏，总有孩子和老人
经历着不被理解的事物的爱
按照他们的理由，我将失去理由
按照他们的快乐，我将死于
一只风筝的不可能

《红豆》2022 年第 6 期

枕头落在哪里

梁　豪

枕头落在山顶
你觉得违和
人与自然的恩怨
全部浓缩于一块小小的织物
它因难以打捞而象征意味浓烈

枕头落在地铁口
你觉得龌龊
进而联想到家庭的变故
还有女人蓬乱的头发
当然它很快就将消失
像城市里的一切

枕头落在床上
你觉得还蛮稳妥
不管停在床头还是床尾
哪怕它蹦了几蹦
你打一个漫长的哈欠以示欣慰
心里盘算怎样跟枕头、床单和上面的人
搞好关系

但是睡不着

怎么也睡不着
因为想
比枕头还软的想
想顶替了梦、磨牙、窗外的一场阵雨

你想枕头
和它的芯
想地铁何时进站
你又何时动身
想山上的乔木
是否都安然无恙

《扬子江诗刊》2022 年第 6 期

机　场

叶　辉

我们一道走向“到达”
缓慢地
议论着某人、某事

外面，夜晚已经来临
一天过去。一天只是
无数的降落、起飞

我们继续
走向出口，它越来越近

旁边输送带上的人
不动声色地超越了我们
笔直地看着前方

如同幸存者，带着包裹

正在走向新的世界

也许是这样，机场空荡
出租车消失在雾气中。我想到
其他时刻

在将来，想到
世界在我们之后会继续存在
不禁涌出一阵喜悦

《扬子江诗刊》2022 年第 6 期

鹤顶山庄：有关诗歌地理的发言

高鹏程

就像沃尔科特用诗歌重新创造了一个加勒比海
帕斯为阿兹特克人找到了《太阳石》的结构
或者说，《太阳石》恢复了阿兹特克人的传统

在苍南鹤顶山庄，一群诗人在谈论诗歌地理
以及地理对诗歌的作用和反作用

“古典的诗意里有我们共同的家园。但有时候
身在故乡的人没有故乡
所以我们要跳出故乡来看故乡。”

这些话都对。但有关诗歌地理或者地理诗歌学
我没有更多的话题
而故乡是我这些年行走时，用来擦拭眼泪的
一块皱巴巴的手帕。已不能拿出来示人

“一块带着泥巴行走的萝卜，哪里的墒情对了
哪里就是故乡。”

现在，我待在地球上的某个角落
举着诗歌的小铲子，为我的萝卜挖坑
我相信只要方向不错，一直挖下去
也能抵达大地之心

《诗歌月刊》2022 年第 11 期

影子森林

于文舲

只需要一座没有灯的小公园
鱼贯而入的人
就变成自己的影子
让外面的人透过栏杆
再也看不见他们

谁知道为什么没有灯呢
没有灯却修了路
它最终还是荒废了
当你探头张望的时候
有人对你说

“进去吧，这是一座公园
里面已经长满了树、藤蔓和人”
那是一个牵着小狗的
中年男人
你觉得他也很可疑

他说话的样子就像那些树的影子
试图给每个过路的人
指引方向
又因为每个过路的人都没有相信他
而愈发急切

他要说的是什么呢
即使这座公园是真的
即使他的小狗是真的
即使影子和黑和危险和人都是真的
在它们共同构成的这个情境里面

总还是不难找到
一点被认为是虚假的东西

《扬子江诗刊》2023 年第 1 期

在本地

赵卫峰

按照安排，两岸的灯火尽心尽力
像往昔，守规矩，像婀娜的行道树
路人皆知，流水一旦入了城
就没了隐私，怎么扭曲，怎么浪
河道工人稔熟，钓客也不陌生
流水般的夜摊之主
如敬业的女导游更是胸有成竹
我曾多次进入同一条流水
我曾经过不同的流水，如她所言
我的鞋可能还会被打湿
很多话听到也就听到了而已
其实流水也应该听到了，但她不管
人话鸟鸣，鱼之腹语，她应该听得太多
她继续摇动蛇身温润地配合着
两岸的灯火，按照安排
只引导，只布景，只对路面负责
并不管一条流水干净或脏
一条向远的流水，也是

一条自有想法和深度的流水
只管从容，宽容
不在乎谁在古老的星光下夜泳

《山花》2023 年第 1 期

复活记

刘　川

家里暖气试水
咕噜咕噜
像我姥爷
打呼噜
一连串有节奏的呼噜
真是我姥爷
就是我姥爷
只有我姥爷
虽然死了都好多好多年了
每年冬天前
还会特意回来一趟
在我家暖气里
试试水
热不热

《北京文学》（精彩阅读）2023 年第 1 期

失　去

陈　丹

闯入一条古老的街，有人买精美的茶盏
流连把玩着瓷色、山水虫鱼花卉灵禽
眼前是一间铺子，满目尽是宣纸

一中年男子着宽袍大袖端坐
我瞟一眼他的侧脸
他意态萧然，手握羊毫小笔
镜片后深渺的声音传来——
“怀纸七尺”，只见
墨迹宛若游龙，一挥而就
回去的路尽管漆黑一团
山道上也有滚石跌落
我什么也没买
偶然途经这里的生活已经很满意

《草堂》2023 年第 1 卷

广济桥

育　邦

从南岸到北岸
从北岸到南岸

我们在广济桥上走来走去
辨不出云山与人间的方向

桥下的隐士收起洁白的翅膀
在秋分平衡木上闲庭信步

流水带走断弦人，我们
重返淡墨中的江南苔藓

《诗刊》2023 年第 1 期

邮　筒

熊　焱

少年时期我经常往邮筒中寄信
那时我飞翔的青春等于鸿雁的一片羽翼

信笺上，手写的字迹犹如闪电携带星辰

春去秋回，鬓边霜雪洗亮了岁月的锋刃
我的爱情是落花错付了流水

后来我再也收不到书信——
如同睡眠消逝于梦境

每次路过邮局，我都会看看悬挂的邮筒
仿佛里面住着一个久未寻访的亲人
一直在等着我去敲门

《十月》2023 年第 4 期

斯图加特 Solitude 古堡，1997 年冬

王家新

寂静的巴洛克古堡，
是谁的拉长的影子在向你致礼
在花园中的中国亭子消失多年之后，
这里来了一个真正的中国人，但接着
你的旋转楼梯、回廊和地窖就把他
变成了一个幽灵。他出没于古堡的密林中
他一次次避开了那些无头或断臂众神，
他一到夜里就以死者的脚步走路……

渐渐地，他的笔变成了囚犯的锉刀，渐渐地
他不再惊讶于世界的不真实，渐渐地
他——至少是他笔下的这个夏末
获得了阴影的重量。

《福建文学》2023 年第 4 期

寻人启事

陈巨飞

墙脚，电线杆，朋友圈，报纸中缝
有一则则寻人启事
走失的人，没有回来
找他的人，也有可能走丢

走丢的人并不知道自己走丢
他们住在废墟里
把陌生人当成亲人

这么多人找不到家
却没有一则寻家启事，让人纳闷

《上海诗人》2023 年第 2 期

旧鼓楼大街

肖　水

她邀请了好几个朋友，来看豆瓣，吃火锅，包括他。
他来得很晚，打开车门后，又接了一通电话，抽了两根烟。
豆瓣支起耳朵，爪子在玻璃窗上刮擦。那天，雪下得有点大，
进门跺脚，他脚下便一片白。热汤腾起雾气，慢慢现出海带和笋尖。

《诗刊》2023 年第 7 期

罗马城市

彭　杰

从镜头中寻找颗粒的现实感
你骑上自行车
顺便牵走一条无人的街道
棕榈叶还在日光中沸腾
孩子们沿着滩涂
拾起一个接一个的名词
你放下阴凉般垂着的你的帽檐
目光相互抚摸，直到风重新成为透明的群体
临近重要时刻，海风打着哈欠
礁石的游离，和一重灰暗的割裂
上坡路和你的脚步好像还隔着很多次闪烁

《草堂》2023 年第 5 卷

南京记

汗　漫

没碰见刘禹锡和王谢堂前燕。
百姓在朱雀桥边做小生意：
炸臭豆腐，蹬三轮车，摇船，捏糖人。
我热爱这寻常景象，是入暮标志？

从夫子庙到江南贡院一千米，
到明清书生三百年。
我不再赶考、锥刺股、囊萤映雪，
错过柳如是们的美艳、桃花和气节。

游客在两江总督署亦即总统府掠过，

像大臣、外宾、仆从、探子。
在这里看到我可能的前身：
一个书生在撰写檄文或社论。

众多亡灵与英灵，让南京多雨多雪。
长江上，汽笛仿佛军号呜咽。
残阳输血，试图让墓地里失血的人
复苏为青草和花瓣。

死神教授过的形容词
一概凝重，比如“安宁”。
诗人的笔帽犹似士兵钢盔
出生入死的汉语，怎能软弱和滥情？

轻浮的人不要经过南京。
轻浮的人要经过南京
去成为江水冲洗的石头——
墨水东流，日夜拷问一块镇纸。

《草堂》2023 年第 6 卷

某一刻

李　鑫

下午的阳光一遍遍给栏杆刷着油漆
远处的几棵铁冬青
给油漆置换了青涩的气味，并用种子
燃着冬天的秘密火星
此刻只有远处的山水和身前的建筑物
没有人和我一起
我的影子和我，是唯一关心阳光的事物
并保持彼此的差距
这夹角过滤掉远处的汽笛

偶尔会生长出一声鸟鸣
云朵一点点生锈，溶解在蓝灰色的天空里
我想要更多的声音但没有
我想要打开某一扇门
但此刻万物都保持着封闭
我看了看铁冬青的红种子
我知道我正在落日的火焰里
倾倒它们，并努力烧制出一把钥匙

《人民文学》2023 年第 7 期

佛罗伦萨来的明信片

王彻之

一条疲惫的，所以充满咖啡椅的大街
和为了拍照好看，把自己晒成小麦色的民居，
放任雨狂撼我的记忆，像孩子摇晃存钱罐。
而我，虽然身无分文，仍被某种
单纯的渴望弄得晕头转向，像暴雨中的横舟。
在阿尔诺河，水面像房租一样上涨，
但无家可归的白鸥仍在聚集，它们强壮而自由，
却没有变得更好，虽然每天免费进出
美术馆。那里，精心悬挂的、谁都没见过
其本人的肖像，和墙壁剩余部分的空白，
概括了人类过去的特征。而未来不过是
灰尘，通过毫无征兆的喷嚏，逼迫手捂住嘴，
阻止它把剩下的话说出。

《北京文学》（精彩阅读）2023 年第 7 期

想象过日出

李海洲

凌晨我们在网上饮酒直到沉默
用口语诗的手段遮掩，交谈。

二十分钟的酒
十八到二十五克的冬天。
话锋之外，很多冰片偶遇
我们打哑谜
像蜜蜂撞进车间
像等待日出的旅者忧心忡忡。

下一个凌晨你关闭镜头
我能嗅到酒意凋敝的理由吗？
怯懦，勇敢，蚁群的底线
你说：另一国度的躲避或迁徙。

你说：人类的车灯还将暗淡多久？
而捕猎者落入自己布下的陷阱
夜晚有多深远
道路就会有多无辜。

凌晨我们没有醉
骨头也没有。
想象的日出终将到来，恢宏万物
尽管等待如同海岸线漫长。

《山花》2023 年第 8 期

信　使

潘　维

火柴湿了，无法点亮屋顶，
整片天空低垂着安魂曲的阴郁，
环城河排着队，缓慢地蜿蜒；
那时，我跟随小镇居民的身后
购买食品，我喜欢烧饼铺门前的电影海报，
黄泥烤炉伸出细碎的焦味小爪，
抓挠女演员的雀斑脸，
我的莫名兴奋，
像撒了一把芝麻；
这种与生俱来的魔性，
中止于图书馆走廊：她，
穿着针织长衫，一股异乡气质
迎面匆匆而来；背影
隐约着柔化了的坚定。

后来，一个有很多酒吧，
水光把梦折叠成纸鹤的地方，
铺展了另外的床单：
为我，惊蛰的雷，波斯纹的恶之花，
坍塌的微笑——它们翻滚着；
但没有一只燕子是她。
我凝望着岁月，
作为多数人分享的特产，
早已失去了爱的滋味；
只是，每月，当骑自行车的邮递员
穿过永远尘土飞扬的市区，
从绿挎包里取出《信使》，
整整21年，她为我订阅的思想，

像舍利子，守护着大悲殿。

《草堂》2023 年第 7 卷

在暮冬的晨色中

孙方杰

我在兴济河的甬路上散步
过了黎明，但还没有日出

有些光影疲倦地在河水里打盹
有些人在慢跑中消耗着脂肪

一只野猫在草地上对落叶说：我给你唱一支新歌
一丛菖蒲在水中梦见了河马

暮冬的微风旋转在树梢和枯枝的身旁
很轻的天空给我套上了晨曦的眼睛

我看见鸟的音乐、小桥的美术、荒草的诗
威严地走在我的前面，它们已经等了我一天一夜

跟随主人撒欢的小狗，孩子一样兴高采烈
低头系鞋带的女主人享受着丝滑的清风

漫步者，注视着阳光磅礴而来
犹如得到了一个甜瓜。在熄灭的灯盏下

所有野性的事物都在积蓄着力量
它们知道什么时间爆发，什么时间春天来了

《胶东文学》2023 年第 4 期

以　后

李章斌

聚会的时候，我们说起，开春以后
要去克罗地亚旅行，去米兰
看一场足球赛，去地中海沿岸
看城堡，说到这些的时候
仿佛我们并不在国道旁的小馆子
而在《权力的游戏》中毒杀国王的花园里

又一次喝到半醉时，我们说起
要重走玄奘之路，去看看罗布泊
走走瓦罕走廊，看看赛里木湖
重新经历消失了的肃杀与辽远
那天，西王母正好面色潮红，孙悟空
打翻了一箱茅台和半瓶雪花啤酒

说完这些，我们便踉踉跄跄地
扑进各自的出租车里朝黑夜驶去
直到半夜酒醒头疼时，才忽然想起
我们不过是，幸福到来前的史前人类

《青春》2023 年 8 月刊

动车分娩铁

徐　庶

向晚，是分娩的时节
看一轮夕阳怎样
生出苍山

看动车，像一头发情兽
咆哮而去
身后瞬间生出两排
明晃晃的铁

尖叫落地的铁，有整齐的步伐
在广袤中延续广袤

它串起山川、河谷、清风
爱情和语言

铁生下来，丝线一样柔软
抛出去是大河大江
一声吆喝，是围拢来的远方

《青年文学》2023 年第 9 期

马迭尔宾馆

薄　暮

314：美国著名记者埃德加·斯诺先生
1934 年来哈，下榻于此房间。
黄昏，我拖着行李箱，站在门口
犹豫要不要敲门

先生正在小憩，伏案写信
还是一下攥紧报纸上的消息
我都不宜打扰。除非
他刚点着一支烟，突然想起
关于昨天的话题

我告诉他，我乘高铁，下午才到
他会不会说起明天，如果会

我更加语无伦次
最初读到先生的预言
是一九七九版本，而我很久
只在凌晨打量黎明

我走进房间
先生从墙上侧过脸：哦，现在
这是你的房间

竟然如此逼仄，灯光飘忽不定
每走一步，楼板咯吱作响
仿佛身旁跟着另一个人
先生，请坐
我们今晚，只谈一谈
这座城市大风的声音

《诗林》2023 年第 2 期

瑜伽休息术

胡茗茗

在瑜伽垫上，闭上眼睛
我听到潮水拍打空碗
巨大的玻璃房子里
我逝去的老父亲正微笑饮酒
我和女儿，趴着逗猫
我挚爱的男子低头弄茶
潮水一再强调这人间的美好
星空突然压下，我像羽毛浮在半空
又像一粒松果重重落进草丛

女教练唤醒我的手指
我必须翻身离开

回家的路上，第一次只走了半截
并在一片树荫下，停下来

《广州文艺》2023 年第 7 期

一起去看音乐节

杨碧薇

一

暖场的乐队散尽
我们终于等到
小时候喜欢的歌手
从二十多年前的磁带封套
缓步走出舞台，岁月为他罩了一层
北方旷野的细纹
说起久违的事，他神情里飘落几缕
雪国火车的疲惫
而歌声，依然是熟悉的香烟，白鸽
干燥空气，黄昏氛围

二

参与合唱的，全是我们的同龄人
穿着日渐规矩的外衣，喝年轻人舍不得买的
进口苏打水
有人左手摘下眼镜擦泪，右手还握住肩上
孩子的小腿
这迟来的盛会竟催出
莫名的克制与无措
无人蹦跳，更没有谁
吹动响亮的口哨

只在音乐停顿的一瞬
一代人的爱与创伤
才浮出水面，短暂地
投影于历史的波涛
我知道除了自己，别人不会
再唱这段旋律，为我们打扫不断逝去的
金黄的现场

三

你从身后搂住我的腰
我闭眼
风送来春末海岛，初夏草香
原来你的臂弯，才是我在太空运行时
一直渴望系上的那条轨道

但此刻你先把我带上了
只容得下两人的飞毯
旋转旋转乘着歌唱飞越城市啦
旋转旋转我们的歌手远成一只蚂蚁
旋转旋转青春别奔跑，人们慢些老
旋转旋转在贴紧的体温中进入时空隧道
里面孤独被压缩成轻微的哇音
我会搬一个红沙发坐下，揪你胡子玩

这是我幸福的时刻，我不想睁眼
当我在音乐节上和你乘坐一块
打满人生补丁的飞毯

《诗林》2023 年第 5 期

雨后，致黔中诸友

王辰龙

又一次驶出隧道的幽暗，重云下
去观山湖的长路上，沿途变幻
水泥厂正废弃，一片小区正烂尾，
老城的楼群正被我们的时代拆散

无人的厂房与瓦砾间，雨声喑哑
仿佛留声机回响着《花样的年华》。
再拐过三岔口，便是弄潮儿的新区：
雨中的广厦像幸存者擦拭着水寒。

终于，我们隐入某个暂时的房间
“祭川者先河后海”，多饮下盏新酒
内心的河就成了潮汐，掩过新雨喧哗

掩不过的是肉体的必败，但，莫怕
残山剩水，还有那些爱与悔，终归
会于我们肌理的深处一次次地醒来。

《江南诗》2023 年第 1 期

风吹春天

第广龙

秦岭以北，风吹来吹去
垂柳的柳梢弯成一个半圆
一会儿在东，一会儿在西
树木的树干看上去依然沉稳
支撑的木棍，却发出嘎嘎嘎的响声

刚开的花散落一地
纸片、塑料袋在电线上撕扯
在凤城三路，一栋大楼的楼顶上
一大块铁皮闹起了动静
蒙在铁皮上的一个微笑的女人
也快要挣脱掉了，似乎不愿再给化妆品代言
我的衣服里充满气体
里面像是发生了剧烈争斗
我走路的样子像走在月球上
风还在吹，再吹下去
地上的公交车、小卖部、牙科诊所
都会气球那样升起来
在半空继续行驶，继续卖东西
继续给一个少年补牙
我早就习惯了这春天的大风
而且每一次都得以见证，每一次都不例外
大风过后，春天更加丰盈

《延河》2023 年 1 月上半月刊

玻　璃

李志勇

玻璃仍然，和刚诞生时一样透明、脆弱
一定要有人，一口口把生命的热气
呵到玻璃上，才能在上面写诗

观看者，不一定能超然物外，但隔上一块
玻璃就能做到，就出现了外部世界
和内部世界——观看者至少能观看到
其中一个，同时也能观看到那块玻璃
一首诗是一块玻璃，一本书也是一块玻璃

透过玻璃，能看到杨树随风摆动，麦子随风
起伏，看到一个开放的又封闭的空间
玻璃上呵满了热气，我们的一些过错
也适合写在玻璃上面，能看到又能轻轻擦去

《安徽文学》2023 年第 9 期

长城心经

北　乔

大地长在山脉之上的山脉
天地间最为坚硬的脊梁
垛口，锋利的牙齿

深深地凝视，心就会被
嵌入墙的沧桑中
历史像阳光一样在皮肤上颤动

台阶，叠放白天与黑夜
不接受脚步的停留，烽火台上
一只白色的鸽子正整理羽毛
远处的山，仍是一片青色

我骨头挤压的声音落进砖缝中
这是一个残血般的黄昏，或者
一盏灯笼挑醒诸多的沉睡

恍惚间，一块块石板如利刃
刀尖舔着呐喊，风正在讲述
那些发生过的事件，注定不敢遗忘
某些时刻，终将凝固时间的流动

《诗选刊》2023 年第 9 期

一个作为故事的南方

迟　牧

哪怕再给我多分配一个词，
这告别也不至于被剪成一枚
伶仃受苦的半价车票。
或许，向北敞开的车站有机会
比我拥有更茂盛的风声，
并借此晋升为对故乡有力的维护。
她是奔涌而来的回音，十几年
光亮如新，折返于南方
野马般幽寂的疆界。此前穿越
如水似雾的密林，脚步却出奇地轻；
地图上，一只旧喜鹊
在途经的丘陵之眼中翠绿地哭泣。
所以，你的失眠总在异地出售，
在一点点收集黑暗的故事内，
而夜火车正反复写就更多分岔的命运。
只偶尔伤心，蛰入熄灯的影院，
人就成了记忆的消磨。被巨大的幕布
陆续播放，在婆娑的情节中，
我们与梦相似。

《诗刊》2023 年第 8 期

结　婚

白　玛

天亮时分，我就要
一个人离开小镇。因为结婚

你甚至仍在纪念我，在灯下
离呼吸更远的地方，涂鸦，猜想
我脸上涂着油彩，我一个人
步行，快乐地去结婚

许多往事在帽檐上摇晃着
此处插着感谢的花
我的花显得失神，像一段情节
在大雨天铺展开，我的黄道吉日

使众多理想变为现实
走下最后一道台阶
想起往日独白，因为结婚
乘末班车离开孤独的小镇

《当代·诗歌》（试刊号）第一期

登岳阳楼

马　非

此楼已不是
唐朝的那座楼
但并没有影响我
在洞庭湖里
找寻“亲朋无一字
老病有孤舟”的杜甫
并最终在运沙船的
夹缝里找到了他
对于苦难的敏感性
我向来不缺
况且它还与诗人有关

《当代·诗歌》（试刊号）第一期

浦城剪纸

——给周冬梅

安　琪

并非魔术
但一张纸确实可以是一座山
武夷山。一张纸也可以是一条河
黄河。一张纸如果想要，还可以是
一座
比天空更大的花园，里面住满
你叫得出、叫不出名字的花啊
草啊
在浦城剪花嫂剪纸坊我看到
一张纸无所不能，想得到的
想不到的
她都能剪给你！

《诗刊》2023年第16期

嘉峪关怀古

慕　白

河西往隘口前再迈一小步
就出关了，玉门之外
就是他乡，西域，狼烟滚滚

葱岭高如屋脊，落日圆圆
秋天的风沙前赴后继
吹过来，眼睛有点发涩

炊烟从长河对面升起

五里一燧，十里一墩，三十里一堡
一百里一城。大唐之后的马帮驼队听不惯琵琶羌笛
于是在长城的最西端修筑关隘，丝绸之路
关隘筑得让人惊叹，关隘或能一时防守
黄沙穿过金甲。海市蜃楼
终究不是一碗茶、一杯水

击石燕鸣，啾啾之声不绝
楼兰，破与不破，已无关紧要
传说中的定城之砖横在心的瓮城上面
又一阵风沙吹起，我匆匆走出关隘
戏楼空空，台柱上只见一副对联：
“离合悲欢演往事，愚贤忠佞认当场”

《诗歌月刊》2023 年第 9 期

微观记

雷晓宇

端起杯子，不经意发现
沿口有一道静如闪电的微小裂纹
有些愕然。你不知道闪电
是何时从天空转移到
一件盛水器皿之上的
但在嘴唇碰到
杯沿时，还是感受到了
一阵阵轻微的战栗
就如你不知道战栗为何而起
但在一只空无一物的杯子
被重新注满茶水时
你仍然看到了，一顷碧水之上
那无端升起的浩渺烟波

《星星·诗歌原创》2023 年第 8 期

燕潮大桥

蓝　野

有时披星戴月
有时在正午的暖风中
一次又一次，经过燕潮大桥

检查员站在桥西头
早上往往会堵车，一直堵到桥东头
一直堵到小区门口

黄昏，离开巨大的都城
疲惫的人群背对着疲惫的夕阳
在燕潮大桥上，车影、人影和旁边的楼群
被拉得好长

在比海更深的人潮中
我会突然迷茫，比如此刻
东西横陈的大桥
自北向南的河水
也不能让我明了，这些在大地上
被明确标记的方向

《扬子江诗刊》2023 年第 4 期

石　头

小　海

我捡了些石头
对，有的是和同伴交换的
它们躺在戈壁滩上

现在又躺在我的书案上

今天，我把那些石头摆出来
这里放一块，那里放一块
心里的喜悦就像它们还在山坡上
我会被石头包围，冲下山去

《作家》2023 年 6 月号

杏　花

黍不语

是杏花安抚了那些迷人的荒芜。
当她又一次重新生长，又一次
感受蓬勃孤单的人世，
她走了那么远的路。带着五百年的风沙
和柔情。
杏花把手按在黄土上、院墙上，
按在河床和烽火台上。
她看到时间有被爱过的伤痕。
在这世上，
一些花儿在开，一些花儿在落，
一些还在赶往记忆和命运。
在秋天
一个人有走进树木的愿望。
有打开的愿望。
有跋涉枝头，向光阴轻轻散落的愿望。

《长江丛刊》2023 年第 6 期

永泰一中

苏笑嫣

天色将雨，未雨。
但雨和夜晚的气味已然升起。有人骑车
正拐过西侧小门外的街角，消失
在他自己的生活里。
而生活，尚未对我打开
教学楼、篮球场、宿舍阳台上
停蓄着晶亮的希望的衣裙。被晚风鼓动
些许炫耀。但课本并未如实相告
怎样辨认我们即将分崩离析的小道。
夏日暮晚，金黄的夕阳轻微心慌
它所显示的壮丽，在坍塌之前
多么让人痴迷。
必须承认，我想飞快地剖开
油腻的巷道、塑料拖鞋，以及黏滞的乡音。
而钟楼兀立，勒紧时间，不断积累下沉的重心。
不久后，乒乓球案下的石板
天赋般闪烁。因为赶往此地的雨
掉落的杧果也将更多。
它们有些躺在土地上
已变成皱缩的红薯一样的褐色。
这甜腻的馨气，无限着我们
对于十七岁的记忆。
我们频繁做梦，在它和雨味糅混在一起时
才会产生的那种眩晕。
空调机单调，发出空洞的持续。
火焰树绿色的叶片更加饱胀
反射着抬升的大地，救赎一样的光辉。
我们终日拥挤在书桌前，计算青春的价格
它们毫无意义地盲目。

而我还不曾试图进行关于亲密关系的探索
那危险的欢愉。不曾品尝秘密
那青橄榄一般
生涩又甘美的滋味。

《中国作家·文学版》2023 年第 8 期

雪　夜

李商雨

如果你爱这房间，应该
是你爱这房间的寂静。
如果你爱这人世，也是因为
你爱这夜晚人世寂静的雪。

没有什么能回到更早以前了，
只能在一个不属于彼此的客厅里
诉说二十年来的狼狈人生。
两个人在沙发上靠一起坐着
吊灯下的房间尤其空旷。

有人在街上走，雪
没有停止，仿佛永远都不会停止。
下雪，与其说是为了配合
夜晚的寂静，不如说是为了
配合两个人静静的激情。
那激情其实是一种空旷，什么都没有。

他们一起走在街上
一起走在没有风的雪夜里。
这样，他们把自己变成两个或一个黑点，
这样，仿佛就可以抵消
从前的艰辛和不幸，仿佛

就可以追回失去的时光。

他们把手攥到一起，好像是
把两根绳子在此打一个结。

《十月》2023 年第 2 期

我 有

李 浩

我有一个偌大的窗外。一大片天空，悬挂在二号楼
的侧面。

我有两缕倾斜的阳光，感谢这种倾斜，否则
它是照不到我的房间的。我有一只斑鸠——
必须认定这一归属，因为它落在了空调外机的上面
变成了，领地的归属物。它叫着，一声声叫着
楼下正在喷洒的药味儿还在扩散。

我有三株芭蕉，五根韭菜，或茁壮，或委屈……
两个高高的花盆，它的下面装有局部移动的轮子。
我有一个面积不大的书房，只有正午时分不需要
开灯

堆积的书籍已经习惯于连绵和逼仄的昏暗。
三平方米阳台，新洗的衣物时常会部分地遮住——
不，不只是它们

我的阳台上还安置了临时衣柜、洗衣机、有绿意的
花盆

和两袋雕牌洗衣粉。

我有一个书桌，电脑占据一半，用来绘画的毛毡占
据一半

这样的狭小改变着我的侧身，是的，落在纸上
我写下的文字总是朝着一侧不经意地偏。
对我来说，一米二的餐桌是对我空间的侵占、冒犯
之物

可我无力将它移走。我有一把椅子，两条不敢伸长的腿
书桌的下面尽是书籍和纸，而右边，则是电脑主机。
我有一块来自乌江的石头，上面开满了遥远的梅花
我有一辆黑色的车模，它保持着奔驰，仿佛可以……
我有一周的时间在它们对面安静地坐着，静默，而
且挥霍。

我有一些不断变幻的念头，它们刚有一个起点便被
悄然按住

这，多让人悲伤。

我有了时间，可是没有了心境。我有了电脑前的久坐
然而，却没有一个字，能够平缓地落在虚拟的纸上。
我有一万种情绪，可它们，它们都拥挤于紧闭的嘴巴
已经安于困囿。

《十月》2023 年第 2 期

所剩不多的自己

王威廉

我梦见智能机器人对我说
“我有一个所剩不多的自己”
这原本是属于我的语言

语言的泡沫
构成一座中空的巨山
新人类在爬山中
跌入虚无的中心
却永不坠地

即便凌晨时分
心上人的形象
犹如蚁群繁殖
直到不再被爱认出

投喂肉眼可见的画面
游走于城市的假面
你要在大如田野的笔记本上
写满记忆的细节

锁不再需要钥匙
浮沉在时光之上的脸
成为通用的钥匙
但你身怀忧虑
惧怕打开一把未知的锁

《长江文艺》2023 年第 7 期

清晨，在酒店旁的海滩散步

魏天无

大海如此平静，仿佛已流过
人生的中途。但依然有浪花涌起
在你与它对视的那一刻
仿佛必要的仪式，总有人在海滩上写下
“我爱你”，画下一颗心，一支斜插的箭

总有人是年轻的，在初次见到大海的瞬间
我不知道写下誓言的人是谁，爱着谁
我知道这是一个爱着的人，一个
见证了大海的见证的人，为了彼此的见证
就像从前的我，因为爱着辽阔
来到大海身边，接受它的淘洗
我的一部分生活填埋在这里，另一部分
变成珊瑚礁，作为更多记忆的巢穴
钟楼还在，人民桥变身为岛屿的微缩景观
骑单车的年轻人从海秀路、滨海大道、长堤路
疾驰而过。生活像一架匀速转动的全景相机
但已无法将他定格

《长江文艺》2023 年第 8 期

入　画

宗小白

在野鸽子飞来，与草坪一起构成
对时间有所警觉的早晨，我们的欢喜
近乎悲哀。飘飞的黄叶将我们片片
分解为这些和那些，又用等待
将我们重新归拢到一处
这种归拢，像你轻轻喝水，起身前
将桌子上的面包屑归拢到掌心
像我沿着河岸行走，让一地樟树果子
将我归拢到它被希望抛弃的平静之中
像你问我，这种紫色的浆果捡了有何用？
樟叶的香气充满
痛苦的旧知识，有何用？
天空每天以深蓝自我覆盖，有何用？
一个路口将我们不断返还给
另一个路口，又有何用？

而幸福始终像一笔小额贷款
如此苛刻于登记我们的姓名

像有一次，我们偷偷溜进一间美术馆
你说勃纳尔画作上的餐桌、浴室会弄湿我们的镜片
这不符合光的原理，也不符合
我们早已养成轮流居住于
内心与现实的习惯

《青岛文学》2023 年第 6 期

我在煎鱼

唐　果

我在煎鱼
一会儿将火调小，一会儿调大
仔细观察鱼皮焦黄的程度
好决定
什么时候该给笨拙的鱼儿翻身

热油像点上的鞭炮飞溅
大鱼顺着锅边溜下去
那些未来得及爆炸的
瞬间变成哑巴
待炸的鱼是匿灭暴戾的泥土

只剩下愉悦了
只剩下愉悦了
鱼在锅里“咕噜”“咕噜”
煎鱼的我被一道又一道
立体香气环绕
汗水渗出，发出美妙的“滋滋”声

再过一小会儿
再耐心等待一小会儿
我和鱼就都可以吃了

《青岛文学》2023 年第 8 期

白　鹭

向　迅

一只真实的白鹭
从公共汽车的车窗外一晃而过

我一抬头就看见了它
那是在快到达双和街的时候
它应该来自记忆里的一条河流

据说许多年以前
这片房价昂贵的街区
是一片接一片的水田

《中国作家·文学版》2023 年第 6 期

序　曲

森　子

清晨渴望自己是渴醒的
作为容器跑进厨房
贴瓷片的窗台下
凉白开水杯散发幽蓝色的光

起床的节奏依据心律的快慢
咕咚一大口

森林的腹腔便有蝌蚪走访
青草镶边的池塘

黑熊的迟钝来自印象的误差
庞然大物的敏捷不依赖于速度
而是深呼吸的大脑
触底反弹后随手穿上了衣裤

行动的理由产生手臂
以镂空的T恤搭建一座瞭望塔
不是你的反应太迟钝，而是思想的静电
擦出的火花还留在床头。

《长江文艺》2023年第7期

脚步发抖的牛奶

沙冒智化

拉萨的天空很冲动。风移动
她无动。白色的脸上藏着蓝
不存在生活卡住脖子再找方向
看到一只手吃着刀
一只手种着花。唐卡里
撞开一扇宽容的窗
五颜六色，每一张脸都好看
都愿意给你一次交流
看够了，最后弃置在路上
心动，她无动。手动的心
戴不上耳朵的口罩
一根绳子围绕着大脑
绷紧所有能看见心的缝隙
拉萨很冲动，人一动
她们都在动。各种各样的姿势

一步穿过三步
跑出去的都不在大街上
扎年琴的声音抬高了她
脚步发抖的牛奶
在银碗里，向雪山冲动
雪山变成河水
拉着大山，向大海冲动

《长江文艺》2023 年第 5 期

回家的路

刘棉朵

为了抄一条近道回家
有时我会穿过一片草地
草地上的草稀疏、瘦弱
正在一步步退出自己的领地

边上的杂草却长势良好
它们好像从没被谁踩踏过
成熟的草籽会沾在我的裙子上
偷偷跟我一起回家

我有时还会走过草地旁的另一条小路
那里光线幽暗，榕树高大
垂着长长的根须
仿佛是一群思想者
在黄昏里，垂着长长的思想

我沿着它走回家，时间
要比走过草地多一些
路上没有草也没有草籽
会有另一些无家可归的事物

跟我一起回到家里

《诗歌月刊》2023 年第 1 期

房　间

人　邻

房间
干净得
不能再干净了

这一趟是出远门
忽然觉得屋里太干净了
干净得像是
不再回来

太过干净的房间，清寂
也有点令人，害怕

桌上
还是放一本打开的书吧
再放一页白纸

写上
亲爱的……

《万松浦》2023 年第 1 期

成都日记一则：2023 年 2 月 13 日

阳飏

今日
兰州大雪
成都小雨

大雪温酒吃肉
小雨想想兰州
背冰上山植树的兰州
骑自行车的人接二连三滑倒的兰州
有谁看见几十年前冰封的黄河
解放牌柴油大卡车喷着黑烟碾过了冰面

那时候的我
不知道秦岭不知道成都
不知道浣花溪的锦鲤
从唐诗宋词游进了散曲游进了新诗
等着我

等着我啊
从大雪中走过
祭拜父母问候邻居
看看老朋友
看看南北两山
全都白了头啊

《诗潮》2023 年第 6 期

无应答

林长芯

傍晚开车回家
橘红色的光线挤过树林
猩红的花瓣在后视镜里越来越远
落日和落花
两个词在脑海里转
花就是花，太阳就是太阳
“落”字出现，实是一厢情愿
自诩窥见了时间的伟力
我没什么可落
这具身体我还要使用几十年
靠着它，我开始学舌
迎头撞见荒谬和花朵，接着
穷一生之功学步
如今时已深秋
藤蔓死死地抱紧墙壁
我有什么可落的呢
月亮从夜空放下长梯
野菊正开着，小路上满是风声

《人民文学》2023年第5期

收音机

李寂荡

天热，躺着睡不着
我便不停地扇着扇子
什么时候扇子落在床畔的地板上
我不知道

也许那“啪”的一声吓跑了一只壁虎
只是床侧桌子上的收音机一直在放着音乐
当我在夜半醒来
那音乐还在继续
仿佛是一个人在弹着吉他吟唱
没有乐队，观众席一片空旷
我感到那就是另一个我在弹唱
在一盏孤灯下弹唱
在无涯的黑暗中永无终止

《上海文学》2023 年第 10 期

花园里那棵高大茂密的樱桃树

潘洗尘

花园里那棵高大茂密的樱桃树
就要把枝头从窗口探到床头了

回家的第一个晚上睡得并不好
但看着枝叶间跳来跳去的鸟
我还是涌起阵阵欣喜

如果有一天能变成它们当中的一只
该有多好啊

我还可以继续在家中的花园飞绕
朋友们还可以时不时地来树荫下坐坐

想到此我好像真的就听到树才或占春
手指树梢说了一句　你们看
洗尘就在那儿呢

《诗潮》2023 年第 3 期

32 号

江一苇

我的一生都在手撕日历上记事
偶尔也在上面写诗
记录的事件，都被我一页页撕掉
扔进了垃圾桶。写的诗
没有被谁记住一个字
一年很快就过完了
一本日历，最后只剩下一张封面
仿佛平白无故，多出来了一日

这一日，我把它称作 32 号
它不在时间之内，却也不在世界之外
我将一年来最后的心愿
记在上面。我将一年来的
最后一首诗，写在上面
多么好，这多出来的一日
仿佛现实之外的另一个世界
所有的愿望都在这里一一实现
获得了最完美的样子
我愿意在这一天向你许下承诺
永远爱你。就像这多出来的一页白纸
它不对应具体时间
它只有开始，没有结束

《人民文学》2023 年第 3 期

一样的，不一样的（编后记）

李　壮

1

现在，是2023年的冬天。

现在，我打开电脑，给自己倒一杯酒，开始琢磨《2023年中国诗歌精选》的编后记要写些什么。

这的确有点像在2022年的冬天已发生过的场景。年选又编一年。相似的工作内容，相似的推进节奏，相似的期待、忙碌、喜悦，以及集中阅读太多分行文字后眼睛感受到的年年相似的酸胀。总是相似的，我在楼下酒吧最角落的沙发里抱着笔记本电脑一整天一整天地选诗，门外亦是相似的天气：偶尔推门出去，抬头看看那每日都更向深冬阴去的天色，再回到屋内时总要搓搓手……然后，就完工交稿，就等一本老朋友般的诗歌年选如约问世。然后，一年也跟着过去了。

仿佛在模仿座钟的钟摆，一切看起来均质、稳定、精确、重复无意外。这是时间的表象，但同时，也是时间的错觉。

确实，每一年都是一样长的。它总是有365天（闰年这样的纯技术性问题我们暂且先搁置），这不是随意定下的规矩，而是取决于地球的公转周期、太阳的巨大引力、天体的运行法则——这是这世界的道理，我们说什么都没用。

然而，每一年又都是不一样长的。在我们的生命里，有些年份好像很快很短，生活没有给我们安排什么额外的事情，只像坐着飞机赶路，一小觉瞌睡过去，睁眼已落在下一座机场。另一些年份却很慢很长，我们爱得过多，也痛得过多，绊倒了再爬起来，用很长的时间去尝嘴里的土，再用很长的时间去望远处的山和天上的云。这样的一年，从心理时间和精神世界的尺度上讲，比好几年加起来都长——这是我们自己的道理，世界说什么都没用。

在时间面前，那些“一样”的道理，是宇宙定下来的。那些“不一样”的道理，是我们各自的内心定下来的。

谁更大呢？帕斯卡尔说，人只不过是一根苇草，是自然界最脆弱的东西。“用不着整个宇宙都拿起武器来才能毁灭他，一口气、一滴水就足以致他死命了。”这是一种说法。而诗人还有另外一种说法，来自佩索阿——“我的心略大于整个宇宙”。

是的，没有大出很多，也不必大出很多。只是“略大”。很好了，足够了。

这是诗的骄傲，也是诗的谦卑。

2

当然不是凭空发这些感慨，而终究还是跟过去的一年有关。

事实上，因为要预留出编辑出版的时间弹性，《2023 年中国诗歌精选》的选诗周期范围，大致是从 2022 年的 11 月到 2023 年的 10 月底。就我个人的感受来说，这一年似乎是格外长的——在这样一个完整自然年的长度内，我们所经历的事情、所接受的信息、所见证的变化，大概要大于以往许多年份。

在经过了最后一组减速带的猛烈颠簸之后，生活终于重新驶上了宽阔平坦的路面。而恢复正常之后的生活，似乎变得格外忙碌：有许多被耽搁的工作需要补做，有许多被延迟的计划需要追赶，有许多脱落的情绪正在被重新拧进生活，有许多新目标和新梦想也正在迅猛萌发。生理和心理都有变化，多数人的身体里又多出了一种面对世界时的抗体，至于心情起落、认知反思，则又是因人而异了。无论如何，世界和我们都还在继续向前，而“继续向前”永远都不会是“重来一遍”：眼前的人已不是去年那人，树上的叶子也不再是去年那片，所有一样的固然“青山依旧在”，所有不一样的终究“得失寸心知”。

因此要感谢诗歌。它记下了去年那人，记下了去年的那片叶子，记下了面对那人那叶的瞬间时那个再也不会复现的我们自己。诗帮我们记得这些很小又很大的事情，记得这些看起来“一样”、实则“不一样”的东西。在今天，很少有什么能够比“记得”更有力量了。

3

进而，我必须要说出这些每每相似但永远真诚的话：

我要感谢这本诗选所涉及的所有作者。在阅读的过程中，你们的这些诗作击中了我——与一首漂亮的诗歌迎面相撞，实在是一件幸福的事；倘若这首诗的作者是一位我并不熟悉甚至从未听闻过的诗人，这种幸福感又几乎是加倍的。

我要感谢出版社的策划老师和各级编辑，以及在我之前负责编选过这本年选的老师们。是你们的努力和付出，让更多优秀的诗作得以走向广大的读者，获得更加广泛的传播。

此外，我也必须致歉。这本诗歌年选的收录量大概在300首上下，这个数字很大，但在中国诗歌现场巨大的文本生产量和同样巨大的诗歌发表平台数量（传统刊物以及网络自媒体）面前，又显得很小。任何选本的容量都是有限的，任何凡人的视野和阅读量更是有限的，因此挂一漏万是不可避免的事情——在这里，我要向出于种种原因被这本书错过的优秀诗人及优秀诗作致歉。遗珠之憾，责任在我。万望诸位师友海涵。

再谈谈这本书的体例问题。

我把所有的入选诗作分成了四辑。第一辑里的诗作，大多体现出较为鲜明的现实指向和社会历史关切。其间所涉，关乎我们的公共生活、文化记忆，涉及形态多样的“他人的故事”——身边熟悉的人，街头偶遇的人，历史上的人，甚至以“物”的形态介入我们生活的更加广义的“他者”。

如果说第一辑的诗作侧重“他人”“外部”，那么第二辑里的作品，则更多地属意“自我”“内部”。我们从中可以读到，我们这个时代的诗和诗人，是怎样以自己的方式，去持续地探索心灵，表达生命，试图重建个体灵魂与生活世界的关系。我们将会看到，那些看起来私密的情感与关系，是怎样在语言之中超越了私人生活的最初领域，而在人类心灵的更广阔天地里，留下刻痕与共鸣。

第三辑的目光，投向的是乡土/自然空间。直到今天，乡土依然是中国诗歌产量最丰、品质最高的领域之一。同时，在现代性和现代化的历史语境之下，传统的（生产方式意义上的）“乡土”书写，又正在以更宽阔更多样的方式，在诗歌的世界中广泛衍生转化为（审美和文化景观意义上的）“自然”主题。

与“乡土自然空间”对应，第四辑，则是集中关涉“城市人造空间”。城市化大潮是当下中国醒目的历史景观，都市正在成为我们最普遍、最重要、最典型的生活空间和经验场域。城市的柏油路面之下，埋藏着当下诗歌创作最重要的“新增长点”。处理都市题材、关注现代生活的诗作，大多收录在第四辑中。同时，具有广义上的城市感（以都市生活方式及其情感结构为基础和潜意识）的作品，也在其中。

以上是这本诗选的大致体例思路。在编选过程中，我尽力试图协调好不同美学风格、不同作者年龄段乃至作品不同的来源出处（例如，在传统的文学期刊之外，我还收录了一些首发于新媒体平台和个人社交媒体的作品）之间的平衡关系。但如前所说，依然难免存在诸多遗漏、疏忽乃至不妥之处——再一次，万望广大读者和文学界的朋友们海涵。

4

以上的编选思路和体例分类，在近几年的选本中是一以贯之的。一眼看去貌似年年如此，但每年那些不同的诗作带给我们的惊喜和审美愉悦，又总是常新、长新，既似曾相识而又独一无二。仿佛是一种微小的奇迹，它们用范围有限的、用不着一整本字典便可囊括穷尽的汉字，昭示了语言和心灵所蕴含着的不可穷尽的可能。

——这些窄窄的分行、小小的字块，乃是提前写就的、独属于一个人的历史，是我们各自无法被抹除的“太史公曰”。它从那些一样的汉字里创造出不一样的诗，帮一个人记得自己的这一年，也帮所有人记得世界的每一年。在这里，每一个字、每一个字背后的我们，都是不可被通约的“这一个”。在这里，我们的心略大于整个宇宙，一句诗轻轻的低语将胜过雷声和高音喇叭。

此中有我们所能企及的完整。

这本诗选献给你们。愿你们喜欢。

2023年冬，于北京

长江文艺出版社·长江诗歌出版中心书目

《中国新诗百年大典》(30册)洪子诚、程光炜主编

《生于六十年代:中国当代诗人诗选》(全三册)潘洗尘、树才主编

《70后诗选编》吕叶主编,广子、阿翔、赵卡编选

"中国21世纪诗丛"系列

《雷平阳诗选》雷平阳著

《余笑忠诗选》余笑忠著

《哑石诗选》哑石著

《桑克诗选》桑克著

《刘洁岷诗选》刘洁岷著

《柳宗宣诗选》柳宗宣著

《扶桑诗选》扶桑著

《池凌云诗选》池凌云著

《明迪诗选》明迪著

《剑男诗选》剑男著

《黄斌诗选》黄斌著

《树才诗选》树才著

《莫非诗选》莫非著

《宇向诗选》宇向著

《沈苇诗选》沈苇著

《杨键诗选》杨键著

《森子诗选》森子著

《刘川诗选》刘川著

《亦来诗选》亦来著

"21世纪诗歌精选"系列

《21世纪诗歌精选(第一辑)·草根诗歌特辑》李少君主编

《21世纪诗歌精选(第二辑)·诗歌群落大展》李少君主编

《21世纪诗歌精选(第三辑)·新红颜写作档案》李少君、张德明主编

《21世纪诗歌精选(第四辑)·每月好诗特辑》李少君、田禾主编

《诗收获》系列　雷平阳、李少君　主编

《诗收获2018年春之卷》《诗收获2018年夏之卷》《诗收获2018年秋之卷》《诗收获2018年冬之卷》

《诗收获2019年春之卷》《诗收获2019年夏之卷》《诗收获2019年秋之卷》《诗收获2019年冬之卷》

《诗收获2020年春之卷》《诗收获2020年夏之卷》《诗收获2020年秋之卷》《诗收获2020年冬之卷》

《诗收获2021年春之卷》《诗收获2021年夏之卷》《诗收获2021年秋之卷》《诗收获2021年冬之卷》

《诗收获2021年春之卷》《诗收获2021年夏之卷》《诗收获2021年秋之卷》《诗收获2021年冬之卷》

《诗收获2022年春之卷》《诗收获2022年夏之卷》《诗收获2022年秋之卷》《诗收获2022年冬之卷》

《诗收获2023年春之卷》《诗收获2023年夏之卷》《诗收获2023年秋之卷》《诗收获2023年冬之卷》

"诗收获诗库"系列

《群山的影子》吉狄马加著

《夜伐与虚构》雷平阳著

《咏春调》张执浩著

《苔藓与童话》津渡著

《读诗》系列　潘洗尘、宋琳、莫非、树才　主编

2011年:《读诗·无法替代》《读诗·给事物重新命名》

2012 年:《读诗 · 大于诗的事物》《读诗 · 倾斜的房子》《读诗 · 无法命题》《读诗 · 话语斜坡》
2013 年:《读诗 · 雪加速的姿态》《读诗 · 云南的声响》《读诗 · 纠结的逻辑》《读诗 · 忽然之年》
2014 年:《读诗 · 和世界谈谈心》《读诗 · 手艺的黄昏》《读诗 · 器物上的闪电》《读诗 · 虚幻的扇面》
2015 年:《读诗 · 生于七十年代》《读诗 · 少数花园》《读诗 · 回想之翼》《读诗 · 仓皇岁月》

《读诗》系列(改版)　潘洗尘　主编

2016 年:《读诗 · 蜉蝣造句》《读诗 · 词的迁徙》《读诗 · 动物诗篇》《读诗 · 黑夜颂辞》
2017 年:《读诗 · 暗物质指南》《读诗 · 大匠的构型》《读诗 · 危险的梦话》《读诗 · 虚构的破绽》
2018 年:《读诗 · 词语的迷雾》《读诗 · 土地上的铁》
2019 年:《读诗 · 时间之水》《读诗 · 虚构的平静》《读诗 · 盛大的虫鸣》《读诗 · 寒露纪事》
2020 年:《读诗 · 纸的形状》《读诗 · 暴雨之前》
2021 年:《读诗 · 汉字戒指》《读诗 · 端的冬天》

"读诗库"系列　潘洗尘　主编

《大江东去帖》雷平阳著
《房子》丁当著
《节奏练习》树才著
《李亚伟诗选》李亚伟著
《这是我一直爱着的黑夜》潘洗尘著
《信赖祖先的思想和语言》赵野著
《神在我们喜欢的事物里》娜夜著
《两块颜色不同的泥土》吕德安著
《小工具箱》莫非著
《尚仲敏诗选》尚仲敏著
《组诗 · 长诗》陈东东著
《1980 年代的孩子》马铃薯兄弟著
《黑夜盗取的玫瑰》李明政著

《汉诗》系列　张执浩　主编

2012 年:《汉诗 · 春秋诗篇》《汉诗 · 群山在望》《汉诗 · 呈堂证供》《汉诗 · 难以置信》
2013 年:《汉诗 · 锤子剪刀布》《汉诗 · 荷花莲蓬藕》《汉诗 · 春江花月夜》《汉诗 · 金木水火土》
2014 年:《汉诗 · 惊蛰》《汉诗 · 谷雨》《汉诗 · 白露》《汉诗 · 小雪》
2015 年:《汉诗 · 沁园春》《汉诗 · 满江红》《汉诗 · 清平乐》《汉诗 · 鹧鸪天》
2016 年:《汉诗 · 新青年》《汉诗 · 语丝》《汉诗 · 创造》《汉诗 · 新月》
2017 年:《汉诗 · 六口茶》《汉诗 · 采莲船》《汉诗 · 雀尕飞》《汉诗 · 十年灯》
2018 年:《汉诗 · 鸟的身体里有天空》《汉诗 · 风把绳子上的衣服吹向一边》《汉诗 · 父亲扛着梯子从集市上穿过》《汉诗 · 我的身体里住着柔软的动物》
2019 年:《汉诗 · 从老家那边下过来的雨》《汉诗 · 他伸手摸到了垫床的稻草》《汉诗 · 我们生来就迎风招展》《汉诗 · 一个人往大海里倒水》
2020 年:《汉诗 · 风月同天》《汉诗 · 降福孔皆》
2021 年:《汉诗 · 行行重行行》《汉诗 · 种莲长江边》
2022 年:《汉诗 · 一公斤棉花有上万颗棉籽》《汉诗 · 风吹在我们身上是有形状的》
2023 年:《汉诗 · 我的浑浊像黄河一样》《汉诗 · 从遥远的事物里醒来》

《汉诗》文丛　张执浩　主编

《谁是张堪布》川上著
《与他者比邻而居》魏天无、魏天真著
《我的乡愁和你们不同》毛子著
《给石头浇水》槐树著
《我爱我》艾先著
《星空和青瓦》剑男著

《诗歌风赏》系列　娜仁琪琪格　主编

2013 年:《诗歌风赏 · 大地花开》《诗歌风赏 · 芬芳无边》

2014 年:《诗歌风赏 · 中国当代少数民族女诗人诗选》《诗歌风赏 · 风荷疏香》

《诗歌风赏 · 散文诗汇》《诗歌风赏 · 万壑清音》

2015 年:《诗歌风赏 · 青春诗汇》《诗歌风赏 · 水墨青莲》《诗歌风赏 · 果园雅集》《诗歌风赏 · 2015 年女子诗会专辑》

2016 年:《诗歌风赏 · 中国当代女诗人爱情诗选》《诗歌风赏 · 花叶扶疏》

《诗歌风赏 · 秋水长天》《诗歌风赏 · 又闻新雪》

2017 年:《诗歌风赏 · 中国当代女诗人代表作》《诗歌风赏 · 映日荷花》

《诗歌风赏 · 第二届全国女子诗会》《诗歌风赏 · 咏荷诗会》

2018 年:《诗歌风赏 · 中国当代女诗人亲情诗选》《诗歌风赏 · 惠风和畅》

《诗歌风赏 · 瑶花琪树》《诗歌风赏 · 梅香映雪》

2019 年:《诗歌风赏 · 中国当代女诗人山水诗选》《诗歌风赏 · 琼林玉树》

2020 年:《诗歌风赏 · 水木清华》《诗歌风赏 · 万物丰成》

2021 年:《诗歌风赏 · 水软山温》

2022 年:《诗歌风赏 · 云锦天章》

《诗建设》系列　泉子　主编

2020 年:《诗建设 · 2020 年春季号》《诗建设 · 2020 年夏季号》

2021 年:《诗建设 · 2021 年春季号》《诗建设 · 2021 年夏季号》

2022 年:《诗建设 · 2022 年第一卷》《诗建设 · 2022 年第二卷》

2023 年:《诗建设 · 2023 年第一卷》《诗建设 · 2023 年第二卷》

《明天》系列　谭克修　主编

《明天 · 第三卷 · 十年诗歌档案》

《明天 · 第四卷 · 2011-2012 华语诗歌双年展》

《明天 · 第五卷 · 中国地方主义诗群大展专号》

《明天 · 第六卷 · 中国地方主义诗群大展专号 2》

《象形》系列　川上　主编

《象形 2008》《象形 2009》

《象形 2010》《象形 2011》《象形 2012》《象形 2013》

《象形 2014》《象形 2015》《象形 2016》

“诗想者”书系

《浆果与流转之诗》茱萸著

《如是而生》夏宏著

《老拍的言说》黄斌著

《大河》李达伟著

《听蛙室笔记》袁志坚著

《黑语言》李心释著

第 36 届青春诗会诗丛　《诗刊》社　编

《烟柳记》芒原著

《云头雨》朴耳著

《方言》叶丹著

《神像的刨花》王家铭著

《花期》吴小虫著

《可遇》陈小虾著

《又一个春天》蒋在著

《黄昏里种满玫瑰》亮子著

《东河西营》王二冬著
《万物法则》徐萧著
《野燕麦塬》琼瑛卓玛著
《眺望灯塔》一度著
《时间附耳轻传》苏笑嫣著
《土方法》韦廷信著
《羊群放牧者》李松山著

第37届青春诗会诗丛 《诗刊》社 编

《我的哀伤和你一样》张随著
《天台种植园》赵俊著
《我见过》张常美著
《孤雁》刘义著
《奇迹》李浩著
《去大地的路上》甫跃辉著
《花神的夜晚》李啸洋著
《爱与愧疚》叶燕兰著
《下南洋》杨碧薇著
《万物宁静》张琳著
《星星的母亲》贺予飞著
《万象》刘康著
《春的怀抱》康宇辰著
《雾中所见》王冬著
《暖沙》闫今著

第38届青春诗会诗丛 《诗刊》社 编

《无边》苏仁聪著
《出门》林东林著
《月亮搬到身上来》沙冒智化著
《废墟上升起一座博物馆》刘娜著
《风之动》王少勇著
《将雪推回天山》卢山著
《瀑布中上升的部分》程继龙著
《群山祈祷》梁书正著
《夏天的喜剧》何不言著
《新雪》陈翔著
《命如珍珠》张慧君著
《欢喜》鲁娟著
《向南不惑》也人著
《星辰与玫瑰》龙少著
《红楼里的波西米亚》赵汗青著

闻一多诗歌奖获奖诗人丛书 阎志 主编

《简明诗选》简明著
《高凯诗选》高凯著
《晴朗李寒诗选》晴朗李寒著
《胡弦诗选》胡弦著
《马新朝诗选》马新朝著
《潇潇诗选》潇潇著
《潘维诗选》潘维著
《毛子诗选》毛子著
《田禾诗选》田禾著
《刘立云诗选》刘立云著

“引力诗丛”系列

《他们改变我的名字》李琬著
《清空练习》周鱼著

个人诗集

《云南记》雷平阳著
《基诺山》雷平阳著
《送流水》雷平阳著
《修灯》雷平阳著
《写碑之心》陈先发著
《宽阔》张执浩著
《欢迎来到岩子河》张执浩著
《从雪豹到马雅可夫斯基》吉狄马加著，梅丹理、黄少政译
《阵雨》胡弦著
《沙漏》胡弦著
《自然集》李少君著
《诗歌读本·六十首诗》李少君著，张德明评
《个人史》大解著

《光谱》邱华栋著
《遗址:叶辉诗集》叶辉著
《主与客》余怒著
《盐碱地》潘洗尘著
《如何再向北》潘洗尘著
《碧玉》沉河著
《原样》周亚平著
《制秤者说》汤养宗著
《世界太古老,眼泪太年轻》臧棣著
《论诗》沈苇著
《湖山集》泉子著
《空无的蜜》泉子著
《青山从未如此饱满》泉子著
《桑多镇》扎西才让著
《记忆与追寻》杜涯著
《说剑楼诗词选》王亚平著
《零碎》荣荣著
《时间之伤》荣荣著
《潜行之光》池凌云著
《地球的芳心》路也著
《从今往后》路也著
《天空下》路也著
《个人危机》袁志坚著
《以问作答》袁志坚著
《野葵花》田禾著
《衣米一诗选》衣米一著
《变奏》阿毛著
《玻璃器皿》阿毛著
《看这里》阿毛著
《春风来信》何冰凌著
《风从草原来》林莉著
《枯木集》修远著
《山隅集》津渡著
《穿过沼泽地》津渡著
《极地之境》安琪著
《鲜花宁静》谷禾著
《流》向武华著
《擦玻璃的人》李浔著
《世界的眼睛》孟凡果著
《灵感狭路相逢》车延高著
《微言心录》车延高著
《无尽的长眠有如忍耐》雪女著
《行吟者》刘年著
《马王堆的重构》草树著
《谢湘南诗选》谢湘南著
《退潮》高鹏程著
《江南:时光考古学》高鹏程著
《泥与土》江非著
《大海一再后退》颜梅玖著
《馈赠》颜梅玖著
《不可避免的生活》黄沙子著
《她们这样叫你》王芗远著
《一切流逝完好如初》阿翔著
《我闻如是》木叶著
《玉上烟的诗》玉上烟著
《飞行记》太阿著
《拉链》唐果著
《离群索居录》金轲著
《广陵散》轩辕轼轲著
《岁月帖》殷常青著
《越人歌》金铃子著
《分身术》北野著
《读唇术》北野著
《我的北国》北野著
《我看见》徐南鹏著
《白马:诗的编年史》张立群著
《草地诗篇》阿信著
《泊可诗》牧斯著
《如果是琥珀》青蓝格格著
《半生罪半生爱》孙方杰著
《不可有悲哀》飞廉著
《欢喜地》胡人著
《宠物时代》黄纪云著
《夜行列车》李曙白著
《沉默与智慧》李曙白著
《美好的午餐》蔡天新著
《荡漾》大卫著
《仪式的焦唇》茱萸著
《赋形者》胡桑著
《花鹿坪手记》王单单著
《搬山寄》张二棍著
《痛苦哲学》黯黯著
《舌形如火》厄土著
《往世书集》刘化童著
《鸟坐禅与乌居摆》须弥著
《像石头一样工作》渡家著

《美与罪》郁雯著
《在潜江》彭家洪著
《向内打开的窗子》宋峻梁著
《我的麦田》宋峻梁著
《清点傍晚的村庄》周春泉著
《黑晶石》让青著
《闪烁的记忆》让青著
《顺着风》刘向东著
《萤火虫》李强著
《山高水长》李强著
《在水一方》李强著
《月光下海浪的火焰》陈陟云著
《盲道》姜庆乙著
《行者》慕白著
《倒立》非亚著
《我喜欢的路上没有人》包苞著
《水至阔处》包苞著
《远路上的敦煌》包苞著
《听力测试》蒋立波著
《致敬李白》姚辉著
《与一座山喝酒》李长平著
《从颤栗开始》范倍著
《白昼隐者》梁潇霏著
《蜻蜓火车》梁潇霏著
《一场雪正在降临》梁潇霏著
《月光火车》燕七著
《鲸鱼安慰了大海》燕七著
《石头里的教堂》青蓝格格著
《浮世绘》李郁葱著
《山水相对论》李郁葱著
《盆景和花的幻术》李郁葱著
《春风谣》王志国著
《然也诗选》然也著
《穿过锁孔的风》帕瓦龙著
《夜鹭：帕瓦龙诗选 2015-2017》帕瓦龙著
《一个词，另一个词》苏波著
《半轮黄日》朱涛著
《雪花开满村庄》彭家洪著
《牵秋》杨伟成著
《秋歌》杨伟成著
《念秋》杨伟成著
《动物之歌》秋子著
《乐果》杨晓芸著
《漫游者》高春林著
《神农山诗篇》高春林著
《交叉路口》世宾著
《蜜蜂的秘密生活》梅依然著
《少年辞》阎志著
《时间》阎志著
《脑电波灯塔》童蔚著
《蛙鸣十三省》龚纯著
《在我的国度》莫卧儿著
《十二月的白色情歌》简单著
《拂水若虚》张坚著
《寻隐者》黑马著
《园》纯玻璃著
《咳嗽》平果著
《马在暗处长嘶》王琦著
《玫瑰语法》昊子璇著
《远方》陈树照著
《甘南书简》阿垅著
《我知道所有事物的尽头》海饼干著
《与楼共舞》李冈著
《时间的音乐》熊衍东著
《嵌入时光的褶皱》娜仁琪琪格著
《风吹草低》娜仁琪琪格著
《草木之心》白兰著
《万物皆有秘密的背影》蒋志武著
《涌上白昼》水印著
《柔和之令》水印著
《惶惑与祈祷》沙马著
《狩猎者》陶发美著
《芒萁》陶发美著
《小镇来信》杨章池著
《留言簿》卢卫平著
《小悲欢》林珊著
《望过去》李继宗著
《苹果已洗净放在桌上》离开著
《穿过雪夜的大堂》杨角著
《假寐者》赵目珍著
《那春天》弥赛亚著
《野兽和花朵》游天杰著
《或许与你有关》卢圣虎著
《在草叶上孤独》武雁萍著
《晚祷》藏马著
《往回走》川美著

《练习册》田湘著
《在皇冠镇》麦豆著
《并非诗》杨沐子著
《珞珈山起风了》余仲廉著
《在海之南》贾劲松著
《鸟宿时间树》鲁子著
《我的钥匙没有离开我》菜马著
《海风三人行诗丛》津渡、米丁、白地著
《缄默之盐诗丛》孟凡果、张曙光、朱永良、宋迪非著
《弦歌岁月》范文武著
《有风来过》张静著
《喜鹊与细柳》夏放著
《清澈》灯灯著
《只有夜色配得上我》梅林著
《抱山而眠》武强华著
《呼吸》刘棉朵著
《黑色赋》谢炯著
《寻云者不遇》李昀璐著
《春山空静》段若兮著
《白马史诗》汪渺著
《刺猬之歌》拾柴著
《我比春天温暖》李立屏著
《青麦》李立屏著
《滴穿》李立屏著
《枕边情诗》黄建国著
《备忘录》王晓冰著
《无声喧哗》骆家著
《砥柱》马景良著
《各自的世界》秦立彦著
《山火》秦立彦著
《土地之上》施浩著
《和自己合唱》哑地著
《所见》天岩著
《非有非无》李心释著
《稻米与星辰》赵亚东著
《纸建筑》孟原著
《色彩游戏》蒙晦著
《富春山教》聂权著
《孤山上》祝立根著
《宝石山居图》卢山著
《宿鸟》冯新伟著
《不朽的嫩枝》唐城著
《秋风来信》葛筱强著
《蓝火》吴锦雄著
《唯土地对我们从不辜负》吴锦雄著
《钻火》吴锦雄著
《丘陵书》徐后先著
《煤炭书》马亭华著
《飞行的湖》古马著
《南方辞》谭功才著
《雨落黄河》河石著
《煮水的黄昏》陆岸著
《雪像一万只鸟》高宏标著
《另一种雪》苏雨景著
《你住几支路》隆玲琼著
《不思量集》李苇凡著
《平行》陈泽韩著
《我在人间收集心事》陈秀珍著
《捧起的涛声已放回大海》陈其旭著
《生命是完全的绽放》伊青著
《乡村来信》柯桥著
《我们》叶超著
《在我的故乡酩酊大醉》周簌著
《墨尘》孔鑫雨著
《纯蓝》冯茜著
《空河》滕芳著
《支撑》朱传富著
《三月再生》刘蒨著
《万物的用意》李鑫著
《吾心之灯》应文浩著
《乌江集》子衿著
《雪落土墙村》胡中华著
《在山水的怀抱里》陈广德著
《下一页》李斌平著
《正面与背影》曹文军著
《生如荒野》李学志著
《沉默的肖像》龚文浩著
《醉酒的司娘子》杨不寒著
《尘土让》三锋著
《梁王山看云》赵丽兰著

诗选集

《中国口语诗选》伊沙编选
《小凉山诗人诗选》,马绍玺主编

《六户诗》孙文波主编
《出生地：陵水诗歌选》李其文主编
《珞珈诗派》吴晓、李浩主编
《潜江诗群（2016-2017）》黄明山主编
《潜江诗群（2018-2019）》黄明山主编
《蓝诗歌（2015 年卷）》谷禾、李南编
《群峰之上是夏天》雷平阳、谢石相、李发强主编
《当代普米族诗人诗选》胡革山、鲁若迪基主编
《五重塔》宛西衙内、小布头主编
《自行车诗选（1991-2016）》大雁、非亚主编
《中国诗歌民间读本》陶发美主编
《山湖集》王键、阿毛主编
《山湖集 · 2019 年卷》王键、阿毛主编
《喧嚣之敌》游天杰主编
《秘密的时辰》吴子璇主编
《客家五人诗选》离开主编
《黄河口诗人部落》赵雪松主编
《一川诗香：长川诗歌馆馆藏作品》李少君主编
《美妙文成》慕白主编
《风物文成》慕白主编
《新时代诗歌百人读本》李少君、符力主编
《无见地》吴振、陆岸、小荒主编
《珞珈诗派 2017》吴晓、李浩主编
《珞珈诗派 2018》吴晓　李浩主编
《潜江诗选（1979-2015）》黄明山、让青主编
《诗写潜江》黄明山主编
《客家百人诗选》离开、庐弓主编
《当代荆州诗百家》吴利华主编
《柴桑诗派十人诗选》施浩主编
《给孩子的儿童诗》池沫树主编
《诗境与秘境》《诗刊》社编
《中国诗歌：2021 年度网络诗选》阎志主编
《中国诗歌：2021 年度诗集诗选》阎志主编
《中国诗歌：2021 年度散文诗选》阎志主编
《在银子闪光的年代》灯灯主编
《夜海帆影：红帆诗社三十周年诗选集》远岸、艾子、子由主编
《世界最初的直觉：中山大学诗歌选》黄东云　冯娜主编
《中国先锋诗歌："北回归线"三十年》《北回归线》编委会编
《青春比樱花更美》李少君、陈作涛主编
《春天送你一首诗》《诗刊》社主编
《"逆行者"：抗击新冠肺炎疫情诗选》长江诗歌出版中心编

诗论集

《2014 年中国诗论精选》中国作协诗歌委员会选编
《群峰之上：现当代诗学研究专题论集》江汉大学现当代诗学研究中心主编
《群岛之辨："现当代诗学研究"专题论集》江汉大学现当代诗学研究中心、《江汉学术》编辑部主编
《群像之魅："现当代诗学研究"专题论集》江汉大学现当代诗学研究中心、《江汉学术》编辑部主编
《末端的前沿：雷平阳作品研讨会文集》谢有顺等著
《自我诗学》敬文东著
《昌耀诗艺研究》肖学周著
《雷平阳词典》霍俊明著
《探索未知的诗学》赵目珍著

长江诗歌出版中心联系电话：
027-87679341　027-87679328　027-87679098
扫描右侧二维码，走进诗歌